# ПАРЕ ДЛЯ ЗВЕРЯ

ПРОГРАММА «МЕЖЗВЕЗДНЫЕ НЕВЕСТЫ» ®:
КНИГА 6

ГРЕЙС ГУДВИН

GRACE GOODWIN

**Паре для Зверя**
Авторское право принадлежит 2020
Грейс Гудвин

Все права защищены. Никакая часть данной книги не может быть воспроизведена или передана в какой бы то ни было форме или какими бы то ни было средствами — графическими, электронными или механическими, включая фотокопирование, запись на любой носитель, в том числе магнитную ленту, но не ограничиваясь ими, — или сохранена в информационно-поисковой системе, а также передана или переправлена без предварительного письменного разрешения владельца авторских прав.

Опубликовано Грейс Гудвин в KSA Publishing Consultants, Inc.

Гудвин, Грейс
**Паре для Зверя**

Дизайн обложки от KSA Publishing Consultants, Inc. 2020
Изображения/фото предоставлены: Hot Damn Stock; Big Stock: forplayday

Примечание издателя:
Эта книга предназначена *только для взрослой аудитории*. Порка и другие действия сексуального характера, описанные в этой книге, являются исключительно фантазиями, предназначенными для взрослых, и не поддерживаются и не поощряются автором или издателем.

# 1

*Сара, Центр Обработки Данных Межгалактических Невест, Земля*

Моя спина была прижата к чему-то гладкому и твердому. А передо мной было что-то такое же твердое, но горячее, когда я провела по нему ладонями. Я чувствовала сердцебиение под пропитанной потом кожей, слышала гул наслаждения в его груди. Его зубы вонзились в то место, где шея переходила в плечо, ощущение резкое с намеком на боль. Колено развело мои бедра в стороны и мои ступни едва касались земли. Я была зажата чудесным образом между мужчиной, большим и страстным мужчиной, и стеной.

Руки прошлись от моей талии вверх, чтобы обхватить мои груди, ущипнуть уже твердые соски. Мое тело растаяло от умелого прикосновения и я была рада, что меня поддерживает сзади стена. Его ладони двинулись выше, поднимая мои руки вверх, пока он не обхватил мои запястья одной своей огромной, сильной ладонью и прижал над моей головой. Я была по-настоящему пригвозждена к стене. Меня это не заботило. Хотя должно было, так как мне не нравилась грубость, но это... о, боже, это было по-другому.

Это было охренительно.

Я не хотела думать о контроле, зная о том, что произойдет дальше. Я просто знала, что бы он не сделал, я хотела еще. Он был диким, необузданным и агрессивным. Давление его толстого члена о внутреннюю поверхность моего бедра возбуждало.

«Пожалуйста», – простонала я.

«Твоя киска такая мокрая, что из нее течет мне на бедро».

Я чувствовала насколько скользкой я была, мой клитор пульсировал, мои внутренние стенки сжимались в предвкушении.

«Ты хочешь, чтобы мой член тебя заполнил?»

«Да», – выкрикнула я, стукаясь головой о твердую поверхность.

«Ты сказала до этого, что никогда не подчинишься».

«Я буду. Буду...» – задохнулась я, идя против всех своих принципов. Я никому никогда не подчинялась. Я стояла твердо на своих двух ногах, защищая себя всегда кулаками или острым словом. Я *никому* не позволяла говорить мне, что делать. С меня хватило этого в моей семье и я больше не буду это терпеть. Но этот мужчина... с ним, я отдам ему что угодно, даже мою свободу.

«Ты будешь делать так, как я скажу?» – его голос был грубым и глубоким голосом властного и возбужденного мужчины.

«Я буду, только пожалуйста, *пожалуйста*, трахни меня».

«А, мне нравится слышать эти слова от тебя. Но знаешь, тебе придется утихомирить моего зверя, мой жар. Я не трахну тебя просто один раз. Я буду трахать тебя снова и снова, жестко и грубо, как тебе это нужно. Я заставлю тебя кончать столько раз, чтобы ты не вспомнила ни одного имени, кроме моего».

Я простонала: «Сделай это. Возьми меня, - его слова звучали так грязно, я должна была чувствовать себя униженной, но они сделали меня только горячее, - Заполни меня. Я могу успокоить твой жар. Только я одна».

Я даже не знала, что это значит, но *чувствовала*, что это правда. Я была единственной, кто мог облегчить тревожную ярость внутри него, которая, я ощущала, скрывалась за его нежными прикосновениями, его мягкими губами. Секс был выходом его напряжения и это моя задача, моя роль, помочь ему в этом. И это не обязанность; я отчаянно желала, чтобы он трахнул меня. Возможно, у меня тоже была лихорадка.

Он удерживал меня, будто я ничего не весила, моя спина изогнулась, когда он взял меня за запястья, мои груди призывно выпятились, когда я выгнулась чтобы приблизиться, чтобы заставить его заполнить меня.

«Обвей меня ногами. Откройся, дай мне то, что я хочу. Предложи это мне», - он прикусил изгиб моего плеча и я заскулила от похоти, когда его массивная грудь соприкоснулась с моими чувствительными сосками и его бедро подтолкнуло меня выше, вынуждая его оседлать, прижимаясь к моему чувствительному клитору в безжалостной атаке, заставляющей меня потерять контроль.

Воспользовавшись тем, что он меня удерживает, я подняла ноги и двигалась к нему, пока не почувствовала головку его большого члена. Как только я почувствовала, что она там, где я хотела, я скрестила лодыжки на его мускулистой заднице и попыталась притянуть ближе, насадить себя, но он был слишком большим, слишком сильным, и я застонала от разочарования.

«Скажи это, пара, когда я заполню тебя своим членом. Назови мое имя. Скажи, чей член заполняет тебя. Назови имя того единственного, кому ты будешь подчиняться. Скажи это».

Его член протолкнулся, раздвигая широко губы моей киски, растягивая меня. Я ощущала его твердость, его жар. Я чувствовала мускусный запах моего возбуждения, секса. Я чувствовала как его губы присасываются к чувствительной коже на моей шее. Могла чувствовать стальную силу его хватки и твердую стену у себя за спиной, не позволяющие мне сбежать от власти его органа. Я могла чувствовать его мощный объем, когда я сжала его бедрами. Я чувствовала движение мускулов его задницы, когда он проталкивался в меня.

Я откинула голову назад и выкрикнула его имя, единственное имя, которое значило для меня все.

«Мисс Миллс».

Голос был мягким, даже робким, не *его*. Я проигнорировала его, думая о том, как его член наполняет меня. Я никогда не была такой растянутой и небольшое жжение от этого смешивалось с удовольствием от набухшей головки, которая скользила по самым чувствительным местам глубоко во мне.

«Мисс Миллс».

Я почувствовала руку на своем плече. Холодная.

Маленькая. Это была не его рука, так как его руки двинулись к моей заднице в этом сне, сжимая и сдавливая, пока он глубоко входил, придавливая меня к стене.

Я проснулась и одернула руку от холодного прикосновения незнакомца. Моргнув несколько раз я поняла, что женщина передо мной это Надзиратель Морда. Это не мужчина из сна. О боже, это был сон.

Я тяжело вздохнула и попыталась восстановить дыхание, пялясь на нее.

Она была моей действительностью. Надзиратель Морда была со мной в этой комнате. Меня не трахал доминантный самец с огромным членом и я не слышала грязных слов требовательного любовника. У нее было выражение страдающего запором кота и возможно это случилось от взгляда на мое лицо, которое заставило ее отшагнуть назад. Как она посмела прервать *тот* сон? Самый лучший секс, который у меня когда-либо был, даже и близко не случился. Черт возьми, это был горячий сон. У меня никогда не было такого стучащегося головой, бьющегося о стену секса, но я хотела такого сейчас. Мои внутренние стенки сжались, напоминая как ощущался тот член. Мои пальцы зудели, чтобы схватиться снова за те плечи. Я хотела сомкнуть лодыжки вокруг его талии, вдавить пятки глубоко в его ягодицы.

Это был сумасшедший, сексуальный сон. Сейчас, здесь. Боже, это было почти унизительно, если бы не было так реально. Нет, это было оскорбительно, потому что я думала, что прохожу обработку для передовых линий фронта Коалиции, а не для работы порнозвездой. Я предполагала, что обработка означает медицинский осмотр, имплантат контроля за рождаемостью, возможно какое-то обследование психического здоровья.

Я была в армии раньше, но не в космической. Насколько это различно? Какой вид обработки был у Коалиции, чтобы вынудить меня поучаствовать в порносне? Это потому что я женщина? Они хотели быть уверены, что я не запрыгну на солдата? Это смешно, но какая еще может быть причина для этого влажного горячего сна?

«Что?» – гавкнула я, все еще злая, что меня вырвали из такого удовольствия, смущенная, что она поймала меня, когда я так эмоционально уязвима.

Она вздрогнула, явно не привыкшая к грубым манерам новобранцев. Странно, так как она имела с ними дело ежедневно. Она *говорила*, что она новенькая в центре обработки данных, но насколько новенькой не обозначила. Мне повезло, это возможно был ее первый день.

«Простите, что побеспокоила вас, – ее голос был кротким. Она напомнила мне мышь. Тусклые каштановые волосы, прямые и длинные. Никакого макияжа, ее униформа делала ее внешность болезненной. – Ваше тестирование завершено».

Хмурясь, я оглядела себя. Я чувствовала себя как в кабинете врача в больничной сорочке с красным логотипом, повторяющимся в узоре шершавого материала. Кресло было похоже на кресло у дантиста, но ремни на запястьях не были приятным дополнением. Я дернула их, проверяя их крепость, но они не поддались. Я оказалась в ловушке. Не то чувство, которым можно наслаждаться, в принципе. Это заставило меня подумать о сне, где он пригвоздил мои руки над головой, но это, это мне нравилось. Очень. За исключением того, что он заставил сказать ему ,что я хотела подчиниться, отдать ему контроль. В этом не было никакой логики, так как я *нена-*

*видела* передавать кому-то контроль. Я вела машину, когда мы выходили куда-то с друзьями. Я устраивала вечеринки на дни рождения. Я привыкла покупать продукты для своей семьи. У меня был отец и трое братьев, и все любили командовать. И хотя они растили меня такой же командиршей как и они, однако никогда не позволяли мне говорить им что делать. Они надоедали мне, дразнили меня, отпугивая любого парня даже отдалённо заинтересованного во мне. Они ушли в армию и я последовала за ними. Мне хотелось контроля, который был у них.

Сейчас, с этими чертовыми ремнями, я чувствовала себя запертой. Прикованной без шанса на побег. Я уставилась на надзирателя.

Ее плечи расслабились, уменьшая ее рост на дюйм или два.

«Мое тестирование завершено? Вы не заинтересованы точностью моей стрельбы? Рукопашным боем? Навыками пилотирования?»

Она облизала губы и прокашлялась: «Ваши... м... навыки впечатляют, я уверена, но так как они не являлись частью тестирования, которое вы только что прошли, тогда... нет».

Навыков в битве у меня было предостаточно, подтвержденные годами опыта, возможно поболее чем у большинства новобранцев Коалиции. Я так понимаю, что все исследования проводились посредством симуляции, как то, которое я только что пережила, что было странно, но вероятно это быстрее, чем солдаты доказывающие свою ценность на стрельбище или на реальном воздушном судне. Был ли сексуальный сон каким-то видом нового теста? Я не была нимфоманкой, но также я не отказалась бы от горячего парня, если бы такой попался. Но я знала, что между спальней и полем боя огромная разница. Почему им важно какие у меня сексуальные наклонности? Они думали, что человеческая женщина не сможет противостоять чертовски горячему пришельцу? Черт, я всю свою жизнь была окружена горячими альфа самцами. Устойчивость не проблема.

Или они пытались доказать, что со мной что-то не так, потому что я ассоциировалась с женщиной над которой доминировал и пригвоздил к стене жаждущий и хорошо сложенный парень? Он не вынуждал меня. Я его не боялась. Я жаждала его. Я *умоляла* его. Не было никаких вспышек, если не учитывать тот факт, что я практически кончила, когда он достал до самого дна глубоко внутри меня. Я снова сжала мышцы своего лона, правдоподобность сна заставила меня затосковать по жару семени огромного мужчины, заполняющему меня.

Настала моя очередь откашляться.

Стук в дверь заставил надзирателя развернуться на каблуках с резиновой подошвой.

Вошла другая женщина в такой же униформе, но она несла себя с большей уверенностью и осведомленным поведением.

«Мисс Миллс, я Надзиратель Эгара. Смотрю, вы уже закончили тестирование».

У надзирателя Эгара были темные каштановые волосы, серые глаза, и поведение и замашки танцовщицы. Ее плечи были прямыми, тело уравновешенное и с прямой осанкой. Все в ней кричало об образованности, уверенности, изящности. Полная противоположность окружению, в котором я выросла. Надзиратель взглянула на планшет, который она принесла с собой. Я предположила, что кивок ее головы означал ее удовлетворение, но ее выражение было тщательно отрепетировано и ничего не выдавало.

Я хотела бы хоть часть ее выдержки, пока я ощущала как жестокий оскал выражается на моем лице: «Есть какая-то причина, по которой я привязана к этому креслу?»

Последнее, что я помнила, что сидела напротив маленькой мыши, которая сейчас практически съежилась рядом с уверенной надзирателем, и брала пилюлю из ее рук. Я запила ее большим глотком воды из бумажного стаканчика. Сейчас я была голой под ночнушкой – я чувствовала свою обнаженную задницу на твердом пластике – и связанной. И если бы я была во что-то одета, то только не в эту смешную медицинскую рубашку, а в униформу воина для моего введения в качестве бойца Коалиции.

Надзиратель посмотрела на меня и деловито улыбнулась. Все в ней говорило о профессионализме, в отличие от мыши.

«У некоторых женщин слишком сильная реакция на тестирование. Ремни для вашей же безопасности».

«Тогда вы не против, чтобы их теперь сняли?»

Я чувствовала, что с прикованными руками теряю контроль. И если была какая-то опасность, я могла пнуть нападавшего так как мои ноги были свободны, но они точно увидят меня во всей красе, если я подниму ногу.

«До тех пор пока мы не закончим. Согласно протоколу», – добавила она, как будто это что-то меняло.

Она села за стол напротив меня, мышь опустилась на сидение возле нее.

«У нас есть еще некоторые вопросы, чтобы все завершить, Мисс Миллс».

Я постаралась не закатывать глаза, но знала что военные были помешаны на порядке в бумагах и организации. И мне не следовало удивляться, что военная организация, состоящая более чем из двухСэт планет, имела свои круги, через которые я должна была пройти. Мое вступление в армию Соединенных Штатов заняло несколько дней бумажной работы, и это все в одной маленькой стране, на одной маленькой голубой планете из Сэтен. Черт, мне повезёт, если процедура Коалиции пришельцев не займет пару месяцев.

«Хорошо», – ответил я, желая покончить с этим. Мне нужно было найти брата, а время шло. Каждую секунды, которую я застревала здесь на Земле, мой сумасшедший, мятежный брат мог сделать что-то глупое и его убьют.

«Ваше имя Сара Миллс, правильно?»

«Да».

«Вы не замужем».

«Нет».

«Детей нет?»

А вот теперь я закатила глаза. Я бы не пошла добровольцем в действующие войска, в космическое пространство, сражаясь с ужасным Ульем, если бы у меня были дети. Я была готова подписать в нужном месте двухгодовое размещение и я никогда бы не оставила детей. Даже ради обещания, которое я дала своему отцу на смертном одре.

«Нет. У меня нет детей».

«Очень хорошо. У вас произошло совпадение с планетой Атлан».

Я нахмурилась: «Это вообще не рядом с передовыми», – я знала, где происходят битвы, потому что двое моих братьев, Джон и Крис, погибли там в космосе и мой самый младший брат, Сет, все еще сражался.

«Верно, – она посмотрела за мое плечо и у нее появился неясный взгляд задумавшегося человека, – если моя информация верна, Атлан в трех световых годах от ближайшего активного аванпоста Улья».

«Так почему я направляюсь туда?»

Нахмурилась теперь надзиратель, ее взгляд сосредоточился на моем лице: «Потому что оттуда твоя совпавшая пара».

Мой рот открылся и я уставилась на женщину, мои глаза такие напряженные от шока, что казалось готовы были выскочить из орбит: «Моя *пара*? Зачем мне пара?»

## 2

# С*ара*

Мой удивленный тон и откровенно шокированное выражение лица были очевидно в новинку для женщины. Она мельком посмотрела на мышь, затем снова на меня: «Что ж, эм... потому что вы здесь по Программе Межгалактических Невест для обработки данных и тестирования. Иногда женщине нужно больше времени, чтобы восстановиться от тестирования и она может проснуться... растерянной. Однако, ни одна женщина никогда не забывала причину почему она тут. Цепочка ваших вопросов вызывает беспокойство. Мисс Миллс, вы хорошо себя чувствуете?»

Она повернулась к мыши: «Позвоните вниз. Думаю она может нуждаться в повторении сканирования мозга».

«Мне не нужно сканирование, – я села и пыталась справиться с ремнями, но не смогла двинуться. Мои усилия заставили обеих женщин сесть прямо в своих креслах, когда я продолжила. - Я в порядке. Я думаю она... - я раскрыла кулак и указала на мышь, которая в данный момент кусала губу и сжимала край стола, - совершила большую ошибку».

Надзиратель Эгара оставалась невозмутимой, пока ее пальцы летали по планшету. Прошла минута, затем другая. Она подняла глаза на меня: «Вы Сара Миллс и вы вызвались волонтером быть невестой в Программе Межгалактических Невест».

Смех вырвался на свободу и исчез. Возможно *это* и хорошо, что я была связана: «Ни за что. Я последний человек, кому нужно совпадение с мужчиной. Я выросла с тремя братьями и гиперопекающим отцом, которые совали носы в мою личную жизнь. Они чертовски любили командовать и отпугивали любого парня, который даже просто *подумал* обо мне в любом сексуальном ключе». Я выяснила как держать *некоторые* вещи в секрете, включая мужчин, и все что не знала моя семья не навредило им. «Зачем на Земле мне нужна пара?»

«Он не будет *на* Земле», - раздался голос мыши.

Резко повернув голову, надзиратель Эгара уставилась на мышь и я была впечатлена. Не многие гражданские женщины, которых я знала, имели такой испепеляющий взгляд. Надзиратель, однако, была в этом деле профи.

«Тогда почему вы здесь?» - Надзиратель направила свое внимание на меня, ее голова склонилась на бок, будто я была головоломкой, которую она пыталась решить.

«Теперь я задаюсь вопросом где это *здесь*, но я вызвалась добровольцем на военную службу Земли как боец Коалиции».

«Но вы женщина», - возразила мышь, ее глаза округлились.

Я посмотрела вниз на свое тело, когда отвечала. Я была сильной, не худой. Мои кости тяжелые, я провела почти столько же часов в тренажерном зале сколько и большинство парней в моем подразделении. Несмотря на все часы тренировок, я была фигуристой, с пухлыми губами и пышной грудью, и меня не могли перепутать с мужчиной: «Да, моим братьям очень нравилось указывать мне на это».

Я подумала о них, двое из них сейчас мертвы и один далеко в космосе, борется с Ульем. Я ненавидела их придирки в свое время, но так как Джон и Крис теперь мертвы, я сделаю все, включая сражение с Ульем, чтобы услышать поддразнивания от Сэта снова. Сэт был все еще где-то там. И я намерена найти его и доставить домой. Это то, чего хотел мой отец, то, что он заставил меня ему пообещать, перед тем как он умер.

«Но ни одна женщина не шла добровольцем», - передернула мышь, ее левое колено прыгало вверх и вниз как трамплин.

«Это не правда, - ответила надзиратель, ее голос отрывистый и злой, - это ваш второй день на работе и поэтому вы многого не знаете. Были женщины с Земли, которые добровольно шли бороться с Ульем, но их было немного. Мисс Миллс, я должна перед вами извиниться».

«Спасибо», - мои плечи опустились с облегчением и я почувствовала, будто снова могу дышать. Я не хотела и не нуждалась в мужчине. Я не хотела лететь на Атлан. Я и хотела и нуждалась в том, чтобы пойти и убить тех, кто убил двух моих братьев. Мой отец перевернулся бы в гробу, если бы я убежала от этой войны и притворилась слабой, испуганной женщиной, которой нужен мужчина, чтобы позаботиться о ней. Меня так не воспитывали. Мой отец и мои братья позаботились о том, чтобы я знала как позаботиться о себе, ожидая от меня большего: «Когда я улетаю? Я готова поехать сражаться с Ульем».

Я понимала, что рассудительные женщины подумали бы, что я сошла с ума. Кто откажется от идеального совпадения, от пары, который абсолютно и полностью предназначен мне на оставшуюся жизнь, сильного мужчины, который сможет подарить мне детей и дом, ради битвы и вполне вероятно смерти?

Полагаю, что это буду я.

«Вы были направлены на Атлан, - проронила она. - Тестирование проведено. Основываясь на вашем психологическом портрете и тестировании программы совпадения, ваша пара будет выбрана из доступных самцов на планете Атлан. Там все немного по-другому...»

«Нет. Но...» - я прервала ее, но она не закончила.

Она вздохнула и подняла руку, чтобы остановить мои аргументы против: «Вы будете транспортированы с планеты без вашего согласия. Полагаю, что у меня его нет».

«Нет. У вас его нет! - ответила я, очень четко. - Мне не нужен инопланетный мужчина, какая-то... *пара*, который будет говорить мне что делать».

«У вас будет командующий офицер, вероятнее всего мужчина, который будет говорить вам, что делать на протяжении следующих двух лет», - возразила мышь.

Она была права, но я не собиралась говорить ей об этом. Помимо этого была огромная разница между парой, которому, согласно законам Коалиции, будет законно позволено командовать мной практически всю мою жизнь, и командующим офицером, который уйдет из моей жизни через два года.

«Я сделаю что угодно, чтобы найти своего брата. *Единственного* брата, который остался в живых после этой битвы с Ульем. Я дала обещание своему отцу и *ничто* не остановит меня от того, чтобы сдержать слово».

Обе женщины смотрели на меня с округленными глазами, возможно удивленные моей резкостью. Я не буду маяться херней. Я хотела найти Сэта и хотела убить столько солдатов Улья сколько смогу за Джона и Криса. Улей не убил моего отца *на самом деле,* но скорбь от смертей моих братьев определенно помогла его прикончить.

«Очень хорошо, - ответила надзиратель, проводя пальцем по планшету, что освободило меня от ремней. - Так как у меня нет вашего согласия быть невестой, вы свободны пройти в центр тестирования Межгалактического Боевого Батальона и начать свое оформление, так вы сможете принять присягу».

Я говорила, пока растирала свои запястья: «Так все это было просто тратой времени? Мне придется начать заново?»

Она вздохнула: «Боюсь, что так. Извините».

«Так как мы прояснили всю эту проблему с парами, ладно», - я чувствовала себя лучше, узнав причину сексуального сна. На минуту я задумалась, может какая-то подавленная, извращенная женщина, о которой я не знала, скрывается у меня в голове. Я испытала облегчение, узнав что это не моя вина. Я ничего не сделала, чтобы заставить эту сексуальную картинку всплыть на поверхность.

Я наполовину развернулась на кресле и поставила

ступни на холодный пол. Мои ноги тряслись, но я отказалась задумываться о причине. Почему иметь властную пару пугало меня больше, чем сражение с безжалостными, бесчеловечными, инопланетными киборгами?

Что ж, во-первых, если киборг меня разозлит, я смогу снести ему голову и уйти. Но пара? Ну, он меня взбесит и я застряну с ним навсегда, бурлящая как вулкан, но не способная взорваться... И, знает бог, я очень темпераментная. Из-за этого я не единожды попадала в неприятности. Но также это и спасало мне жизнь. Сэт привык дразнить меня из-за этого, говоря, что я бессмертная, потому что я была слишком упряма, чтобы умирать.

«Я лично сопровожу вас, чтобы убедиться, что в этот раз вы действительно окажетесь в нужном месте, – сказала мне надзиратель, но смотрела она на съежившуюся мышь, – и что *все* протоколы в точности соблюдены».

Я немного улыбнулась мыши: «Не будьте слишком строги с ней, – ответила я, – она новичок. И у меня был потрясающий сон».

Черт, который когда-либо был. Если парень, с которым произойдет совпадение был кем-то похожим на большого, агрессивного любовника во сне... от этой мысли мои соски затвердели.

Надзиратель подняла бровь: «Еще не поздно поменять решение, Мисс Миллс. Вам следует знать, что это был не сон, это были данные центра обработки, испытанные другой невестой во время ее церемонии утверждения с парой с Атлана».

«Обработанные данные?»

Надзиратель покраснела, ее щеки стали ярко розовыми, пока я пыталась осмыслить, что это *именно* значило.

«Да. Когда ее отправляли с этой планеты, в мозг невесты был имплантирован нейростимулятор прямо здесь. Такой же как и у бойцов Коалиции, – она подняла палец и дотронулась до костного выступа на ее черепе над виском, – это поможет вам адаптироваться ко всем языкам Межгалактической Коалиции».

«И я буду способна говорить с кем угодно?»

«Да. Но это не все, – она отвела глаза, затем вернулась к моим. – Когда невеста утверждается своей парой, сенсорные данные, что она видит, слышит и… чувствует, – надзиратель откашлялась, – записывается и используется, чтобы психически стимулировать и обрабатывать будущих невест, определяя их соответствие мужчинам на планетах и их обычаям».

Вот дерьмо.

«Так, это был не сон. Я проживала чьи-то *воспоминания*? Это правда происходило?»

Надзиратель улыбнулась: «О, да. Именно то, что вы испытали».

«С другой женщиной?»

«Да».

Вау. Я понятия не имела, что делать с этим знанием. Это означало, что все мужчины с Атлана были такими властными, как тот во сне? Он говорил о лихорадке, ярости, которую только я – женщина во сне – может укротить. Он имел ввиду, что хочет ее? И если такие ощущения были во сне, могу себе представить, как потрясающе это могло быть на самом деле. Боже, тот мужчина, он не был похож ни на одного парня, которого я когда-либо встречала на Земле. И этот сон был горячее, чем весь тот опыт, который у меня был с мужчиной в постели.

Но это *был* сон, по крайней мере для меня. Мне не следует зацикливаться на нем. Это была ошибка. Я собиралась сражаться за коалицию. Я собиралась найти Сэта. У меня не было времени отвлекаться на похоть. Это была чистая, безумная похоть. Я думала об убийстве киборгов, хотя мои соски все еще были твердыми. Абсолютно неприемлемо. В первую очередь долг. Моему переполняющему меня либидо придется подождать, пока мой брат не будет дома в безопасности. Мне придется найти его, сражаться с ним и закончить наши сроки службы. *Потом* мы можем отправиться домой.

Я подняла глаза и обнаружила, что надзиратель пристально смотрит на меня: «Вы все еще можете изменить свое решение, Мисс Миллс. У вас будет совпадение с воином с Атлана. Он будет полностью ваш, ваши психологические профили и предпочтения согласованы. Он будет полностью предан, верен и идеален для вас во всех отношениях».

Я вспомнила твердый член мужчины, то как я стонала и изгибалась возле стены, когда он меня брал. Могущественное влечение быть желанной до такой степени, что безумный секс наполнял меня страстным желанием. У меня могло быть это. У меня мог быть один из тех больших, грубых любовников...

Нет. Ни за что. Я не позволю своим гормонам сделать из меня идиотку. У меня был план, цель. Мне необходимо было найти Сэта. Мне не *нужен* горячий мужчина с огромным членом, который мог заставить меня кончить просто беря меня жестко и глубоко. Я вздохнула. Нуждалась? Нет. Но *хотела*...

Черт. Сосредоточься! *Долг на первом месте.* Я не буду слабой. У меня остался один брат. Один.

«Я не хочу пару, надзиратель. Мне просто нужно попасть на передовую и сражаться рядом с моим братом. Я обещала своему отцу, что присмотрю за ним и прослежу, чтобы он вернулся домой».

Она вздохнула разочарованно: «Как знаете...»

---

*Дэкс, Военный Корабль Брекк, Сектор 592, Фронт*

«Найдите этому солдату совпадение и пару», – проревел мой командующий офицер, запихивая меня на медицинскую станцию на борту Военного Корабля Брекк в тот момент, когда двери разъехались.

Все работники обернулись, когда прогремевший приказ эхом отразился от твердых, стерильных поверхностей медицинских смотровых столов и гладких, стеклянных экранов, которые покрывали практически каждый квадратный сантиметр стен. На их блестящих поверхностях отражался нескончаемый поток медицинских данных, биотестов и результатов тестирования пациентов.

Мужчина в серой униформе, которую носили младшие медицинские Сэтрудники, бросился вперед: «Нам нужно, чтобы вы записались на прием...»

«Сейчас! – проорал Командир Дик. – Если вы не хотите, чтобы Атланский берсеркер в своем режиме зверя разорвал на части весь этот корабль!»

Медицинский работник вскочил на ноги и кивнул

головой, пока доктор поспешила заняться этим делом. На ней была официальная зеленая униформа как и у всех руководящих докторов, но она была маленькой и изящной, и недостаточно большая, чтобы остановить меня, если безумие, которое я чувствовал растет во мне, вырвется наружу. Я боролся с яростью из уважения к крошечной женщине, благодарный, что огромный Приллонский доктор, которого я заметил на противоположной стороне медицинской станции, не стоял сейчас передо мной. Моя реакция на женщину говорила сама за себя. Командир Дик был прав. Мне нужна пара, чтобы успокоить зверя. Но это не значило, что мне нравилась сама эта идея.

«Это может подождать», – прорычал я, не желая быть центром внимания. Густой грохот моего голоса был дополнительным доказательством насколько близко я находился на грани. Я чувствовал зов крови для создания пары неделями и игнорировал его. Всегда следовала следующая битва, следующий аванпост Улья для разрушения. У меня была работа, но мое тело больше не позволяло ее выполнять. Кроме того, мой член и мой разум настроились только на одну потребность: потребность создать пару, быть в половой охоте, трахаться до чертиков. Мне нужна была пара, чтобы успокоить зверя, или зверь поглотит меня и я стану безумным животным. И теперь все на корабле узнают насколько сильно я нуждался в том, чтобы потрахаться. Создать пару или умереть. Таков был путь для самцов Атланов. Мы были слишком мощными, чтобы иметь возможность становиться дикими. Если я вскоре не найду пару, другие Атланские воины будут вынуждены казнить меня, они имели на это право.

Я все это знал, и все равно действительно верил, что смогу сдерживать лихорадку еще несколько недель. Тогда я уже буду дома. Моя служба армии Коалиции будет окончена. Я буду свободен выбрать любую женщину на своей планете. Я буду победителем, востребованным, и за меня будут биться самые умные, самые красивые, самые желанные женщины. Если я просто смогу вернуться домой.

«Мне не пришлось бы пугать персонал, если бы ты сказал мне, что твоя брачная лихорадка действовала на тебя», - возразил он, отпуская хватку на моем плече.

«Я не понимаю как это связано с моей работой в последнем рейде. У меня было все под контролем».

«Ты бросился прямо в нашу линию огня и в одиночку уничтожил весь отряд разведчиков Улья. Последних двух ты не просто застрелил. Нет, твой зверь потребовал, чтобы их головы были оторваны от тел! – он скрестил руки и нахмурился на меня. – Я не какой-то там высокомерный Трионский командир. Я Атлан. Я знаю признаки, Дэкс. Твой зверь практически поглотил тебя тогда. Время пришло».

Я взглянул на свои ладони. Я был таким же смертоносным как и любой другой Атлан, за исключением того факта, что меня не захлестывала такая пламенная ярость. Атланов боялись в бою, зная что они холодные и расчетливые, и очень мощные. Ни один Атланский воин – по крайней мере тот, который не испытывал брачной лихорадки – не уничтожил бы бойца Улья, или троих, голыми руками. Это расценивалось как неэффективное использование энергии. Но сегодня, я посмотрел на своих врагов и почувствовал бесконтрольное желание...

эта примитивная *потребность* разорвать их напополам. Как я и сделал.

Я заметил, как сила моей ненависти выросла за прошедшие несколько недель, но я отказывался думать о брачной лихорадке, как о причине этого. Я был уже на два года старше, чем большинство мужчин, когда их поразила брачная лихорадка и просто попытался забыть обо всем этом.

«Вы должны быть благодарны мне за число убитых сегодня, а не устраивать мне совпадение с инопланетной женщиной».

Он толкнул меня в направлении, куда указала доктор, к другому члену команды, который подготовил станцию тестирования для меня. Командир Дик поблагодарил ее и провел меня к креслу, как только она ушла заниматься другими пациентами: «Я скажу тебе спасибо, после того как тебе найдут пару и я буду знать, что мне не придется казнить тебя за потерю контроля на собой».

Его ухмылка была именно той, что я и ожидал – удовольствие от победы: «Я должен признать, мне будет жаль, если ты умрешь».

Мужчина, которым овладевала лихорадка, тут же освобождался от службы и отправлялся домой на Атлан, чтобы найти пару. Его срок службы в борьбе с Ульем заканчивался. Новой работой мужчины становилось произведение потомства, оплодотворение своей новой самки, как животное, которым он являлся, пока она не выносит его ребенка.

Выход на пенсию и создание семьи, хотя у Улья все еще имелись активные аванпосты, чтобы с ними сразиться? Нет. Это то, чего у меня не было никакого желания делать. Я должен быть на передовых, отрывая головы своих врагов и защищая свой народ. Мне не нужна пара, также как и отпрыски. Я был доволен своей жизнью, какая бы она ни была. Здесь я воин с целью. Что я буду делать с парой? Таскаться за ней как влюбленный юноша, лаская свой член и теряя драгоценное время в попытках убедить инопланетную женщину не бояться меня или моего зверя? Как я должен это делать?

Когда Атлан превращался в зверя, его мышцы набухали примерно в два раза, зубы становились клыками, а способность говорить практически пропадала. Что инопланетная женщина будет делать с Атланом, превратившимся в берсерка?

Мне нужно было отправиться домой и найти женщину с моей планеты, ту которая меня не испугается. Женщина, которая не испугается, что я разорву ее пополам своим гигантским членом, и моей потребности полностью управлять ее телом, накрыть ее своей массой и трахать ее пока она не отключится. Сопротивление взбесит моего зверя, и в этой лихорадке, за любым неподчинением или протестом от женщины последует суровое наказание. Атланские женщина нормально отреагируют на мою необходимость в контроле, будет намокать от удовольствия, когда я зарычу на нее и раздвину широко ее ноги для своего жаждущего члена, зная что ее нежное тело и мокрая киска укротят меня в конце. Возможно она даже позволит мне спать, лежа головой на ее мягком бедре, лицом возле сладкого запаха ее киски, когда мне будет сниться, что я трахаю ее снова.

Но инопланетянка? На что она надеется? На мужчину, который грезит и пишет любовные письма и дарит ей сверкающие подарки? Нет. На Атлане держать руки женщины над ее головой и трахать спиной прижатой к стене и *есть* любовное письмо. Подарок от Атланского воина своей невесте это привязать ее и лизать ее киску, пока она не станет кричать от оргазмов и умолять трахнуть ее. Мой член набух от картинок в мозгу и я пошевелился, стараясь скрыть свое состояние от Командира Дика. Я посмотрел на его лицо, на его поднятую бровь, и признал свое поражение. *Брачная лихорадка*. Я просто *не* мог перестать думать о сексе.

«Позвольте мне вернуться домой. Я могу сам найти себе пару», - ответил я, когда упал в смотровое кресло. Оно было откидным, поэтому я прислонился к спинке, скрестил руки на талии и уставился на металлический потолок со сжатой челюстью.

«У тебя нет времени проходить через формальное ухаживание на Атлане. Это может занять месяцы, - он присел на стул возле края стола и посмотрел мне прямо в глаза. - Ты будешь мертв через неделю, если не найдешь пару. У тебя нет времени, чтобы ухаживать и охмурять Атланскую женщину из высшего слоя и не получится быть в начале списка для партнера. Очевидно, что твоя лихорадка предполагает специальное размещение и спешку».

Я одарил его недоверчивым взглядом, приподнимая бровь: «Ухаживать и охмурять? И кто сказал о высших слоях общества?» В этом случае я согласен и на проститутку в крайнем случае, если ее кожа будет нежной, а киска мокрой.

Он закатил глаза. Ни один воин не возвращался на Атлан за женщиной ниже, чем из высшего сословия. Пары для воина были ценным достоянием на Атлане: богатые, влиятельные и уважаемые. Женщины в доступе, и их отцы, ожидали бы от меня полного ритуала ухаживаний, вернись я домой сейчас. Я был командующим сухопутными войсками, военачальник, отвечающий за несколько тысяч пехотинцев и рейдовых эскадронов. Я не был солдатом первогодкой, возвращающимся домой с пустыми руками. Сенат Атлана почтил бы меня по моему возвращению состоянием, имуществом и титулом.

Командир Дик был прав. Даже если меня транспортируют домой сегодня, я не получу одобренной пары за месяцы. У меня не было времени на формальности. У меня нет времени на ухаживания за Атланской женщиной. Мне нужно быстро и грязно. Мне нужна женщина, на которую я могу залезть и трахать и над которой могу властвовать сейчас, женщина, которая вернет меня с края пропасти. Кто-то нежный, спокойный, мягкий и плодородный, как женщины из высшего общества на Атлане. Женщина, которая сможет приручить моего зверя и успокоить мою ярость.

Он похлопал меня по плечу, когда заметил, что я больше не обращаю на него внимания: «Послушай, Дэкс. Ты возьмешь пару только один раз и тебе нужно сделать это правильно. Даже если у тебя будет совпадение с инопланетянкой.»

Мысль прийти на самом деле *будто* бы к паре, *инопланетной* паре, была крайне маловероятной. Но мне не нужно было влюбляться. Мне просто нужно было ее трахнуть. Ну, не только трахнуть ее, но сблизиться с ней, чтобы удовлетворить голод моего зверя от прикосновений, от успокаивающих ласк женских рук на моем теле. Должно быть довольно несложно.

«Ладно. Сделаю», – сказал я решившись.

Ремни затянулись на моих запястьях и приковали мои руки. Мой внутренний зверь бушевал из-за лишения его свободы, но я оставался спокойным. Почти. Я знал, что это самый быстрый способ призвать пару и сосредоточился на этом факте, поверх всех других, пока зверь внутри меня не успокоился, бдительный, но готовый подождать.

Медицинский работник закрепил датчики у меня на висках и начал нажимать все виды кнопок на экране на стене за моей головой. Я полностью его игнорировал. Я не хотел, чтобы мне что-то объясняли или раскладывали по полочкам. Я хотел, чтобы все кончилось.

«В течение тестирования боли вы не почувствуете, Военачальник Дэкс, – сказал медицинский офицер, смотря не на меня, а в экран. – Совпадение принимает во внимание много факторов, включая физическую совместимость, характер, внешность, сексуальные потребности, скрытые фантазии, сексуальное влечение, генетическую вероятность создания жизнеспособного потомства...»

«Начинайте, без болтовни».

Мужчина закрыл рот. Командир Дик может и во главе Атланской боевой группы, но я лидер по собственному праву и каждый это знал. Включая, казалось, всех на медицинской станции.

Мужчина метнул взгляд на Командира Дика, который холодно кивнул.

«Очень хорошо. Закройте глаза...»

―――

Я ОТКРЫЛ ГЛАЗА, обнаружив, что Командир Дик навис надо мной. Его суровое лицо нахмурено и я спросил себя насколько он близок к своей брачной лихорадке:

«Может вам следует стать одним из тех, кто в списке ожидания?»

«Нет, – прорычал он, смотря на медицинского офицера, стоящего за мной. – Совпадение произошло? Или я должен отправить Военачальника Дэкса домой следующим же транспортом?»

Я моргнул несколько раз, стараясь вспомнить какого черта со мной только что произошло. Я не помнил многого, кроме криков женщины и блаженства, когда я погружал свой член глубоко в теплую, мокрую...

«Все закончено. Совпадение произведено», – голос шел рядом со мной и мне не нужно было поворачивать голову, чтобы понять, что это все тот же болтливый лаборант, который раздражал меня ранее. Но в этот раз я потребовал разъяснений.

«Вы уверены, что завершили тестирование? – гавкнул я. – Я ничего не помню».

Ничего не произошло, кроме того что теперь у меня имелись смутные воспоминания, которые остались в глубине моего разума, и болящий твердый член, старающийся вырваться из моих форменных штанов. Меня выдернули прямо с поля битвы в медицинский блок, и тяжелая оболочка моей сухопутной брони делала мою эрекцию невероятно болючей. С привязанными руками я даже не мог передвинуть свой чертов член, чтобы облегчить его мучительное положение.

Мединский работник сделал шаг и встал возле моего бедра, откуда я мог его видеть. Его голос звучал скучно и рутинно: «Вас погрузили в транс. Вы что-то помните?»

«Немного. Тени. Воспоминания мутные», – я закрыл глаза. Я помнил, что удерживал женщину, ее крики удовольствия, мощный толчок моих бедер, когда зверь взял то, что принадлежало ему.

«Тени? Это поэтому твой член тверже, чем мой ионный бластер?» – прокомментировал командир.

«Большинство мужчин не помнят многого из обработки данных. Их зашкаливающая агрессия на протяжении ритуала утверждения склонна затенять воспоминания».

Я попытался переработать то, чего он не сказал: «А женщины? Они проходят через тот же процесс?»

Он кивнул с энтузиазмом, пока удалял сенсор с моего виска: «О, да. Но невесты могут запоминать все, - он прокашлялся, - вплоть до мельчайших чувствительных подробностей».

Командир Дик рассмеялся: «Так, самцы возбуждаются и уходят, а самки запоминают каждую деталь навсегда, и они смогут использовать это против нас позже, - он с силой шлепнул меня по плечу. - Звучит как раз для пары!»

«Это результат тестирования, - прокомментировал мужчина, - а не осуждение женщин в целом».

Я закрыл глаза и вздохнул, игнорируя бьющийся пульс похоти в своем члене. Если я видел свою пару прямо сейчас и знал, что она моя, я бы спрыгнул со стола, разорвал на ней одежду и пронзил, когда прижал бы собой к этому твердому полу, пока она не получила бы столько оргазмов, что умоляла меня остановиться.

Я представлял ее идеальную, голую задницу, киску блестящую от моей спермы, когда она уползает от меня, ее нежные, круглые ягодицы, бледные по сравнению с гладким темно зеленым полом медицинского отдела. Я бы позволил ей немного отползти, дал подумать, что я закончил с ней, затем схватил бы ее, перевернул на спину, закинул ее ноги себе на плечи и снова трахнул, мой большой палец на ее клиторе, пока я заставляю ее повторять мое имя. Для кого-либо еще, не Атлана, это прозвучало бы по-варварски, но мы давали своим парам то, в чем они нуждались, чтобы они знали кому принадлежат.

Мой член запульсировал и я зарычал, стремясь найти ее, трахнуть ее. Теперь я знал, что она была где-то там, готовая для меня, зверь еще сильнее боролся, чтобы вырваться наружу, взять то, что было его.

Я был ближе к грани, чем осознавал. С огромным усилием я обуздал свою потребность и сосредоточился на разговоре, происходящем вокруг меня, пока медицинский работник разговаривал с Командиром Диком.

«Часто это признак... совместимости до того, как начнется транспортировка невесты».

«Тогда начинайте транспортировку, – прорычал я, – я готов».

Ассистент доктора подскочил и подошел к экрану на стене возле моих ног, его взгляд лихорадочно метался от одного пункта к другому, пока пальцы бегали по элементам управления: «О, хм... да. Что ж...»

Я поднял голову и посмотрел на него. Он был крупным воином, не такого размера как Атланский или Приллонский боец, но и не маленький. Он был чрезмерно разговорчивый, как большинство из команды медиков, но сейчас он не просто болтал, по какой-то причине он был взволнован. И тут я, привязанный к этому столу, разрывающийся между необходимостью трахнуть свою пару и разорвать еще одного солдата Улья на куски, пока он медлит с элементами управления, будто никогда не использовал их раньше. Его некомпетентность не помогала мне держать себя в руках.

«Я позову доктора!» - мужчина убежал прежде, чем кто-то из нас смог его о чем-то спросить. Через несколько секунд он вернулся с маленькой докторшей, ее пышные изгибы подчеркивались стандартной темно зеленой формой. Но я находился слишком далеко, чтобы уважать ее знания или опыт, или тот факт, что она вполне вероятно выше меня по званию. Я видел женщину, которую нужно трахнуть.

«Я доктор Рон. Мне только что сказали, что хотя ваше совпадение произошло, возникла небольшая заминка».

Мои руки сжались в кулаки и я стал бороться с тугими ремнями, когда зверь внутри меня взбунтовался, недовольный новостями: «Что еще?» - мой голос резкий и обрывистый.

Доктор откашлялась и посмотрела на поток данных на портативном планшете, который она с собой принесла: «Военачальник Дэкс, ваша совпавшая пара человеческая женщина с планеты Земля. Ее имя Сара Миллс. Ей двадцать семь лет, фертильна, и подходит по всем требованиям обработки данных невест Коалиции, кроме одного».

*Сара Миллс*. Сара Миллс моя. Я посмотрел на заднюю стенку планшета, желая взглянуть на свою пару: «Я хочу ее увидеть!»

Доктор пожала плечами, как будто для нее это не имело значения, и протянула планшет так, чтобы я мог увидеть темноволосую красавицу, смотрящую на меня с экрана. Она была потрясающей и изящной, с тонкими линиями, изогнутыми бровями, и сильной челюстью, более утонченной, чем у любой Атланской женщины. Ее длинные темные волосы завивались волнами и спадали ниже плеч. Ее розовый рот выглядел готовым для поцелуев... или траха. Мой твердый член вскочил, когда я представил как она принимает меня в свой рот. Я практически кончил прямо тут на смотровом столе. От взгляда ее насыщенных, темных глаз мне стало еще труднее контролировать брачную лихорадку. Она была моей, и я хотел ее сейчас. Сейчас и точка: «Где она?»

Доктор избежала встречи взглядом со мной и отступила назад, предусмотрительно держа планшет в районе талии, когда смотрела на Командира Дика для разрешения заговорить.

*Какого черта происходит с моей парой?*

«Где она?» - я проревел этот вопрос и все глаза на медицинской станции в любопытстве уставились в нашем направлении. Я напрягся, когда мужчина Приллонский доктор шагнул к нам, готовый дать отпор если необходимо. Моя маленькая докторша отослала его жестом, очевидно убежденная, что я не причиню вреда, хотя я был готов разорвать этот корабль на части, если доктор не ответила бы мне.

Командир Дик потер глаза и покачал головой. Мы оба знали, что ничего хорошего не будет: «Вам лучше нам все рассказать, док».

Маленькая женщина доктор осталась собранной, что было поразительно с тех пор как мой гнев и разочарование вызвали сигнал тревоги по всем стенам биологического оборудования для мониторинга.

«Боюсь она была перенаправлена в боевое подразделение».

# 3

экс

«Перенаправлена?» Что? Совпавшая пара досталась кому-то еще? Использовавшиеся протоколы совпадения были точными и проводились по обычной схеме Сэтнями лет. Как только совпадение происходило, не производилось никаких изменений, если только женщина не находила свою пару неприемлемой и просила другую. Даже тогда, психологический профиль используемый для процесса давал гарантию, что невеста будет предписана для пары с той же планеты.

«Как это возможно?» – спросил Командир Дик.

«Ваше совпадение произошло с женщиной с Земли, – доктор сухо продолжила рассмотрение данных на планшете и пробежала пальцами по нему несколько раз перед тем, как посмотреть на меня снова. – Когда она проходила тестирование, вас еще не было в системе. И так как Земля позволяет своим женщинам служить на боевых позициях, она выбрала перенаправление в действующую службу боевого подразделения».

«Что именно это значит? – я боялся, что уже знаю ответ и чувствовал как растет моя ярость. Какие идиоты позволяют своим слабым, мягким, беспомощным женщинам сражаться? – Где она?»

Глаза доктора наполнились состраданием и зверь разбушевался: «Она в Секторе 437, под командованием своего разведывательного подразделения, приписанная к Боевой группе Картер».

«Моя *пара* отказалась от меня, чтобы попасть на передовые и сражаться с Ульем?»

Из-за моего рева кресло подо мной затряслось и я понимал, что если не успокоюсь, прямо сейчас, я разнесу всю эту медицинскую станцию на части и стану на шаг ближе к казни. Сектор 437 был известным рассадником активности Улья, особенно последние восемнадцать месяцев. То есть, каждую секунду, пока я сижу в этом чертовом кресле, моя пара находится в опасности. Ремни не помогали монстру внутри проявить благоразумие. Я ожидал, что моя пара перенаправлена в стратегическое подразделение, или возможно на один из кораблей стражей, которые сопровождали гражданские крейсеры в относительно безопасных зонах для полета. Но только не в активные боевые действия, сталкиваясь с врагом лицом к лицу! Только не в один из самых опасных секторов по всему фронту Коалиции.

Спокойнее, я повторил вопрос с меньшим рычанием: «Она отвергла меня?»

Как смела чужестранка с Земли отвергнуть меня и

рисковать своей жизнью? Она разве не знала, что произошло совпадение с Атланским военачальником? Быть моей это честь для многих женщин Атлана, за которую они бы боролись. И вот, эта женщина с Земли отказалась от меня?

«Она не отказалась именно от вас. Она не знала, кто ее совпавшая пара. По факту, ее тестировали несколько месяцев назад. По всей видимости, произошла некоторая путаница со стороны центра обработки данных невест на Земле. Оказалось, что она никогда и не давала согласия быть невестой, поэтому ей позволили отказаться от программы и перевестись в ряды бойцов Коалиции».

Я взбесился. Злость пульсировала в моей крови горячей яростью. Рев вырвался из моих легких и я напрягся, с легкостью натягивая ремни и разрывая их. Доктор и ее ассистент оба отпрыгнули назад и все в комнате прижались к стенкам.

«Черт, Дэкс. Тебе нужно успокоиться. Успокойся!» - прокричал Командир Дик.

Теперь я стоял, отрывая провода все еще присоединенные к моим вискам и сжимая кулаки. Я тяжело дышал, будто справился с целым отрядом Улья.

«Найдите другую пару», - Командир Дик протянул руку в моем направлении, его габариты и мое уважение к нему единственные две вещи, удержавшие меня на месте, когда доктор покачала головой.

«Я не могу. Это так не работает. Я не знаю, почему ее не удалили из системы, когда она была направлена в боевую группу. Я не часть подразделения обработки невест. У меня нет полномочия или возможности отменить совпадение или переназначить невесту. Мы здесь получаем невест; мы их не тестируем. Мне придется запросить официальное расследование событий, имевших место, которые создали такую сложность во время ее тестирования на Земле».

Доктор скрестила руки и уставилась прямо на меня, как будто видеть Атланского воина в боевой ярости на ее медицинской станции не было чем-то необычным. Либо так, либо женщина была уж слишком храброй. Как только я присмотрелся внимательнее, я осознал, что женщина внешне была похожа на мою пару.

«Ты выглядишь как она. Как моя пара».

Доктор протянула руку: «Мелисса Рон, из Нью Йорка, – когда я просто уставился на ее протянутую руку, она опустила ее. – Я тоже с Земли. Моя главная пара Приллонский капитан».

Я хотел оторвать голову от каждого живого существа в этой комнате, а она предложила мне руку? Она была безумной или глупой, эта человеческая женщина с длинными темными волосами и темными глазами, схожими с моей парой?

«Ты знаешь мою пару?»

«Нет. Я из Нью Йорка, а она из Майами. Мой папа родом из Кореи, а она выглядит так, будто у нее греческие или возможно итальянские корни. Впрочем, мы выросли на одном континенте».

«Мне это ничего не говорит».

«Найдите ему другую пару. Он не может ждать два года, когда ее военная служба закончится».

Я почти забыл про Командира Дика, пока изучал женщину, но теперь он стоял плечом к моему плечу, два Атланских воина возвышались над маленькой, хрупкой женщиной. Она поджала губы и я понял, что мне не понравится то, что она скажет.

«Нет другого совпадения. Она для него единственная. Система не предоставляет альтернативную совместимость, пока она сначала не примет свою пару, не пройдет через тридцатидневный испытательный период, и потом не запросит новую пару. Или не будет удалена из системы».

Удалена значит мертва. Убита в бою.

Доктор улыбнулась и многозначительно посмотрела: «Хотя, если вы сможете добраться до нее, я полагаю она не захочет покидать вас по истечении тридцати дней».

Я представил как ее делят два Приллонских воина, умоляющей взять ее, и улыбнулся в ответ. Возможно человеческая женщина смогла бы со мной справиться, если моя пара такая же напористая инопланетянка как эта. Мне необходимо найти ее. Трахнуть ее. Я хотел ее сейчас, с дерзкой улыбкой на ее лице и мокрой киской готовой для меня.

Доктор продолжила: «Я могла бы проводить тест тысячи раз, но результат вышел бы идентичным. Система давала бы точно такой же результат. Она ваше единственное совпадение».

Рука моего командира сдерживала меня от проявления ярости: «Доктор Рон, над этим Атланом безусловно преобладает брачная лихорадка и у него нет времени путешествовать на свою планету, чтобы найти замену».

Мое тело вибрировало от потребности что-то разрушить, ударить, а доктор изучала меня с напряжением и сообразительностью в глазах, которое я нашел обескураживающим, будто она смотрела мне в душу. Командир Дик продолжил, пока она молчала.

«Ему нужна его пара, чтобы облегчить лихорадку, смягчить очевидную... напряженность. Транспортируйте его в ее локацию немедленно. Он должен утвердить ее или он умрет».

Доктор посмотрела на меня, затем командир произнес: «Это не по протоколу транспортировать Атланского воина с брачной лихорадкой в другую боевую группу. Он может уничтожить весь отряд прежде, чем они убьют его».

Я прорычал глубоко у себя в груди и сделал шаг к ней: «Отправьте меня к ней сейчас. Она *моя*».

Доктор фактически усмехнулась: «Нет. Не так. Она принадлежит Боевой группе Картер на последующие... – она быстро посмотрела в свой планшет и затем встретилась взглядом со мной взглядом, – двадцать один месяц».

Командир Дик шагнул передо мной и отодвинул меня назад, один раз, затем второй. Он был таким же большим как и я, громадный по сравнению с доктором. Он был единственным из единственных, кому я мог позволить толкнуть меня, не убивая, особенно сейчас, когда я боролся со слепой яростью, которая росла от осознания того, что моя пара в опасности.

«Есть альтернатива, лазейка, которую вы можете использовать, чтобы утвердить ее».

Он зарычал на женщину через плечо: «Перестаньте путать мужчину и скажите ему что делать».

Она кивнула: «Большие, рычащие самцы не пугают меня, Командир Дик, – она подняла бровь практически игнорируя, перед тем как избавить меня от страданий. – По правилам Коалиции, если она соглашается стать вашей парой, она может запросить перевод обратно в программу невест незамедлительно. Она будет освобождена от всех военных обязанностей сразу же».

Наконец-то, женщина объяснила что к чему. Моя брачная лихорадка могла быть использована, чтобы закончить мою военную службу, если я сделаю выбор следовать Атланской традиции. Для моей пары, если она станет волонтером в программе невест, произойдет то же самое.

«Хорошо. Отправьте меня к ней. Сейчас же!»

Меня не радовал такой поворот событий, но я все еще мог утвердить свою пару. То, как я себя ощущал, мне не составляло трудности пропутешествовать до ее сектора и убить кого-то из Улья, пока я забираю свою пару. Затем я накажу ее за то, что подвергла себя опасности.

«У вас есть ее точные координаты?» – спросил я, уставившись на доктора через плечо своего командира. Я задавался вопросом соврет ли она мне, и успокоился, когда она этого не сделала.

«Есть!»

Все граждане Коалиции отслеживались в любое время.

«Транспортируйте меня туда. Сейчас».

«Вам нужны ваши наручники», – ассистент подошел и протянул мне браслеты, затем изменил свое решение и отдал их доктору, убегая подальше. Это были браслеты для пар, последняя вещь, которую я хотел бы носить. Будучи внешним – и очевидным – признаком того, что Атлан в паре, это еще и помогало Атланским самцам создать связь, обеспечив близкий контакт с их выбранной самкой. Как только я надену на ее запястья браслеты, она не будет способна отойти от меня более чем на Сэтню шагов, пока не окончится лихорадка.

Еще час назад, я страшился глупых вещей, никогда не заинтересованный в том, чтобы создать пару или контролироваться как угодно технологией браслетов. Теперь, все изменилось. Может они сделали что-то со мной пока я спал? Почему теперь я отчаянно нуждался в том, чтобы найти женщину, которая совпала со мной, уберечь ее от беды, а затем сделать ее задницу пунцово красной, чтобы она знала кто ответственен за ее безопасность... и много чего еще?

Я потянулся и схватил браслеты, надевая их на себя. Они представляли собой массивные золотые кольца из самых глубоких шахт Атлана и имели тонкую полоску сенсоров на внутренней стороне, которые поддерживали контакт с моим телом. Они постоянно мониторили мое физическое здоровье, обеспечивая при этом средства связи с Атланскими системами необходимыми для транспортировки, приобретении товаров, передачи права титула, и любого другого аспекта парной жизни, если я выберу продолжить их носить после того, как лихорадка спадет. Но важнее было то, что они предоставляли хоть какое-то облегчение от брачной лихорадки, так как это доказывало, что я выбрал женщину. Я возможно был единственным Атланом в истории, которому пришлось выслеживать свою пару, там где она сражалась на передовых с Ульем.

Она станет легендой еще до того, как мы доберемся до моей планеты. Наши женщины не сражались. Никогда.

Это заставило меня задуматься. С какой женщиной я собираюсь связаться? Мысль о невесте-воине должна была раздражать меня; вместо этого, я представлял ее в разгар битвы с огнем в глазах и женским криком ярости, который приблизительно мог походить на звук, который бы звучал, когда я заставлял бы ее кричать от удовольствия, пока она скачет на моем члене. Я хотел тот бесстрашный огонь, ту ярость, направленные на меня, тогда я смогу уложить ее и позволить ей корчиться и извиваться и умолять об оргазме.

*Черт*. Мой член был твердым как скала и абсолютно неудобно лежал в моей броне.

Я закрыл один браслет на левом запястье, затем на правом, на них надежная печать. Совпадение произведено, моя пара определена. Пути назад нет. Я буду сражаться до тех пор пока не смогу сражаться больше, затем заберу свою пару домой. Я стану старым и толстым на Атлане с красивой и хорошо оттраханной женщиной возле меня. Я ощущал плотность колец, чувствовал вес и необратимость своего решения, и позволил накрыть этому мои плечи как плащ. Я сделал глубокий вдох, затем еще один, и проворчал как только браслеты скрепились.

Доктор протянула еще одну пару более маленьких браслетов, предназначенных для моей невесты, и я пристегнул их с своему ремню на талии. Она наденет их и станет свободной от армейских обязательств. Для ее командира это будет явный знак ее статуса пары, символом, что она принадлежит мне. Хотя просто ее трахнуть не означало сформировать постоянную связь – только секс, когда зверь внутри будет спущен с цепи, с двумя парами браслетов на наших запястьях – осознание, что она ждет меня, что она нуждается во мне, что она может быть под обстрелом в этот самый момент делало меня нетерпеливым, чтобы ее утвердить.

«Отправляйте меня скорее, до того как я порву этот корабль на части!»

Моя пара как боец находилась в постоянной опасности. Я проследовал на транспортировочную площадку, которая располагалась в дальнем углу медицинской станции и щелкнул шеей, ожидая пока один из транспортных офицеров свяжет координаты с главной системой транспортеров. Обычно, кроме биологической массы не было позволено ничего транспортировать, но когда тебя транспортировали на передовые, в целях безопасности направлялось все остальное. Включая броню и оружие. Я похлопал по ионному бластеру с одной стороны и проверил нож с другой. Все на месте.

«Удачи, Дэкс».

«Я вернусь, – я встретился с удивленным взглядом Командира Дика, затем наклонил голову в направлении доктора. – Не вижу никакой причины возвращаться домой. Как только моя пара окажется в безопасности и лихорадка пройдет, я вернусь на борт Боевого корабля Брекк вместе с ней и продолжу сражаться, как и Приллонские воины».

Атланская женщина никогда не согласится на такую жизнь, жизнь окруженную войной, но я не был готов прекратить бороться с Ульем, и у моей пары не останется выбора. Она будет назначена заботиться о детях, или у нее будут другие безопасные обязанности как и у остальных женщин в боевой группе. А я? Я буду трахать ее каждую ночь и убивать Улей каждый день. Это будет идеально, как только я найду ее и трахну за неповиновение, вытрахаю всю брачную лихорадку, которая бурлит в моей крови.

---

*Сара Миллс, Сектор 437, Развед подразделение 7 - Возвращение Грузового Судна 927-4 от разведчиков Улья*

Я уставилась на объем моей ионной винтовки и наблюдала как девять разведчиков Улья обошли кладовую с роботизированной точностью. Улей вторгся и захватил грузовой корабль Коалиции двумя часами ранее, сигнал бедствия экипажа все еще играл в моем мозгу как заевшая пластинка. Пилот маленького корабля умер крича, как я услышала, в комнате для инструктажа. Восемь солдат Коалиции назначенных на это маленькое грузовое судно были тоже мертвы или транспортированы на станцию интеграции на аванпосте Улья. Мы не смогли их спасти, но мы могли удержать Улей от захвата запасов оружия и сырья в этом трюме.

Поднимая глаза от объема моего ионного пистолета, сосредоточившись на верхней палубе комнаты снабжения, я двумя пальцами указала своей команде из двенадцати солдат разделиться по трое и двигаться бесшумно по периметру так, чтобы мы смогли их окружить и перебить как мух. Мы проделывали это дюжину раз за последний месяц и мои люди передвигались как призраки вдоль верхней оснастки в комнате, их бластеры были наготове.

Вводный инструктаж занял месяц, чтобы подготовить нас к борьбе с Ульем. Все Земные новобранцы Коалиции, отправленные в боевые батальоны, должны были иметь предыдущий опыт в вооруженных силах Земли. Не важно, за какую страну воевал солдат, важно только то, что они имели интенсивную подготовку тактическую, физическую, а также другие навыки, которые были необходимы для борьбы с Ульем. Во флоте Коалиции не было домохозяек или мойщиков машин. Что меня успокаивало, так это что я провела в армии восемь лет. Я не хотела быть подстреленной в задницу зеленым новобранцем. Так же как мне не хотелось быть убитой, потому что какой-то неопытный малец запаниковал при взгляде на серебряных киборгов.

Улей наверняка вдохновили старые фильмы про *Терминатора* и научно-фантастические фильмы 1950-х, там киборги медленно реагировали и больше были машинами, чем людьми.

Улей же был намного хуже; отлаженные и быстрые, на них не было громоздких металлических панцирей и они не носили лунные ботинки из железа. Нет, они были быстрыми, очень умными, и если на них была гражданская одежда, то могли бы сойти за биологических, если бы кто-то не заметил серебристого оттенка на их коже и в глазах.

Киборги Улья создавались из захваченных Приллонских воинов, и это худшее, что я видела; большие, грубые и практически неубиваемые, если в них не стрелять многократно.

Но на нашей стороне тоже были те Приллонские гиганты. Слава богу.

Я молча наблюдала как Разведподразделение 4, подразделение моего брата Сэта, крались по периметру нижнего уровня, отражая наше размещение, чтобы быть уверенными, что никто из Улья не сможет сбежать по коридорам нижнего уровня, как только мы начнем мочить их сверху. Я легко узнавала движения своего брата, несмотря на то, что он был в маскировочной броне. Я рыскала с ним по лесам с тех пор, когда мы стали достаточно большими, чтобы гулять, и сейчас с комком в горле наблюдала, как он подобрался, слишком близко, к одному из Улья, который появился, чтобы просканировать запасы.

Сэт прекратил движение, сливаясь с тенями за разведчиком, и я выдохнула воздух, который задерживала в легких.

Найти моего брата заняло восемь недель. Месяц из которых я провела в тренировках, наши задания основывались на прошлом военном опыте. Земные солдаты были направлены на корабли по всей галактике, чтобы сражаться с Ульем. Для меня сыграло роль то, что в дополнение к военной службе, я провела восемнадцать лет *тренируясь* со своими братьями и отцом в болотах Флориды. Они научили меня самообороне и другим навыкам, которые мне совсем не казались полезными – до тех пор пока я не столкнулась с Ульем. Я могла стрелять лучше, чем большинство. Я могла сражаться самоотверженнее, чем другие. Черт, я даже могла летать лучше, чем другие. И меня систематически недооценивали и военнослужащие Коалиции и Улей. Так как я являлась единственной женщиной в своем разведподразделении, мужчины думали, что я буду трусить и кричать от страха, но я справлялась отлично.

Черт, когда я наконец попала на передовые – это было четыре недели назад – у троих из моих товарищей новобранцев случился нервный срыв и их пришлось отправить домой до того, как мы вступили в первую битву. Атака на Улей не могла сравниться с тем, что кто-либо из нас испытывал на Земле, и шесть новобранцев из моего первого подразделения были убиты при первой же схватке. Половина команды. Мертвы.

Никто из моих людей не допрашивал меня сейчас, толко не когда я спасла пять других со своей стрельбой в одиночку, и мы отбили грузовое судно у двенадцати разведчиков Улья и спасли корабль и я прилетела с командой домой. Ну, то, что от них осталось. мои расчеты и боевые стратегии заставили обратить на меня внимание старших офицеров. Меня повысили на второй день и теперь я командовала своей собственной командой, как и мой брат. Подразделение 7 и Подразделение 4. Сара и Сэт. Мы радовались каждому заданию, которое могли выполнять вместе, в основном потому что Сэт и я хотели приглядывать друг за другом.

Я держала кулак в черной перчатке в воздухе, пока последний из моих людей не занял свою позицию. Когда я раскрыла его, я начала отчет от пяти, что сигнализировало о начале нашей атаки. Если все пойдет хорошо, то она будет окончена уже через минуту.

Если нет... ну, я предпочитала не задумываться об этом.

Сэт поднял свой кулак, отражая меня для своей команды, которые находились вне моего поля зрения.

Мы готовы.

Маленькие эскадрильи как наши состояли практически из людей с Земли. Мы были маленькими, подлыми, и могли пробираться в узкие места, куда Приллонец, Атлан, или другие более крупные воины не могли добраться. Мы, люди, также были более хрупкими и неспособными пережить наземные бои на некоторых более враждебных поверхностях планет. Я была счастлива украдкой убивать Улей в узких каютах, это лучше чем сталкиваться с семи или восьми футовыми гигантами на земле.

Нет, люди по большей части помещались в разведывательные подразделения; маленькие, стратегические силы внедрялись или в зоны повышенного риска вблизи от битвы, где мы могли объединиться с другими подразделениями, чтобы сформировать большую боевую группу, обычно в тылу противника, или вот в такие миссии, где мы прокрадывались и забирали то, что принадлежит нам.

Взгляд моего брата встретился с моим и он одарил меня широкой улыбкой. Мое сердце болезненно перевернулось в груди. Я скучала по нему. Его темные волосы, такого же оттенка как и мои, были подстрижены по-армейски. И хотя я унаследовала от своего отца его рост, Сэт был на пол головы выше меня. Он выглядел подтянутым, хорошо отдохнувшим. За исключением напряжения на его лице, постоянная осведомленность о своем окружении, отточенная армией, он выглядел точно так же как в тот день, когда он пошел добровольцем в боевой батальон с Крисом и Джоном.

Я нашла его. Я сделала это. Я сдержала обещание, данное отцу, и нашла Сэта. Хотя я не могла забрать его на Землю – у обоих из нас все еще не закончился срок службы – я могла оставаться рядом с ним, даже сражаться возле него как сегодня.

Громкий взрыв раздался над нашими головами и я бросилась на землю и взглянула на троих солдат, которые прятались со мной, чтобы увидеть, может они знали, что происходит? Они все уставились на меня с пустыми, шокированными лицами, но сохраняли тишину.

Какого черта это было?

Улей бегал и стрелял, стрелял на нижних уровнях. Тишина нарушилась, когда Сэт отдал приказ: «Огонь! Огонь!»

Свистящий звук ионных бластеров наполнил пространство вместе с криками боли, когда некоторые из наших людей начали падать. Экран внутри моего шлема списал двух моих людей как потери.

*Дерьмо. Дерьмо. Дерьмо!* Все катилось к чертям.

«Митчел и Бэнкс по левому краю отключились. Вы двое, обходите по левому флангу», - я указала в направлении, в котором хотела направить своих солдат. «Вытащите их оттуда!»

Они убежали и я повернулась к Ричардсу, моей правой руке: «Отправляйся туда, но не начинай стрелять, пока я не прикрою тебя. Узнай, какого черта только что свалилось на нас».

«Слушаюсь, сэр!»

Ричардс убежал приклонив голову и я подняла голову над перилами камбуза, чтобы попытаться выяснить, что происходит.

«Докладывайте. Все. Говорите со мной. Что, черт возьми, происходит?» - я проверила оружие, пока моя команда выходила на связь. Произошла несанкционированная транспортировка.

«Сэт?»

Голос моего брата прозвучал четко: «Какой-то большой ублюдок только что свалился на нас без предупреждения. Думаю, он наш, но это спровоцировало Улей и они направили сюда еще шесть разведчиков. У меня трое людей на три часа».

Я заглянула через перила в ярости, что Коалиция транспортировала кого-то, не предупредив нас. Мой брат был прав, он был *огромным*. И абсолютно безумным. Пока я наблюдала, он вырвал голову одному из разведчиков Улья, который находился к нему ближе всех, голыми руками, полностью игнорируя выстрелы более мелкого орудия Улья.

*Дерьмо.* Я никогда не видела *ничего* подобного прежде.

Рев гиганта отразился эхом как взрыв пушки в маленьком пространстве, и я вздрогнула.

«По крайней мере он появился, чтобы встать на нашу сторону...»

Это саркастический голос действительно был моим? Я только что наблюдала, как гигантский пришелец голыми руками оторвал голову другого, и я откалывала шуточки? Мой папа был бы чертовски горд.

«Понял вас, – Сэт будто бы тоже развлекался, – он Атлан».

Вау. Я слышала о них, но никогда не видела в действии. В основном они были сухопутными солдатами, огромными, сильными, быстрыми, жестокими эффективными убийцами. С гигантом на нашей стороне пришло время изменить тактику: «Развед отряд 7, стреляйте на поражение, но постарайтесь не задеть гиганта. Давайте покончим с этим!»

«Да, сэр».

Огонь ионных бластеров был таким плотным, что я едва могла видеть, что происходит, когда поднялась со своей позиции и открыла огонь. Я сняла двух разведчиков, гигант вывел из строя еще троих, а оставшиеся члены команды перестреляли нескольких остальных. На нас всех была боевая экипировка – облегченная, базовая черная и коричневая броня, которая могла защитить от ионных бластеров низкого уровня. Это было не очень, но я думала об этом как о космическом камуфляже. Наши шлемы фильтровали воздух и обеспечивали постоянным уровнем кислорода и оптимальным давлением для нашего биологического вида. Наши ионные пистолеты были легкими и компьютеризированными, но металлическая броня могла изменить направление выстрела. К нашим бедрам были пристегнуты две вещи, без которых мы никогда не уходили: лезвие для ближнего боя один на один и шприц, наполненный смертельной дозой яда.

Шприц был личным выбором, предлагаемым каждому солдату, который пошёл добровольцем с Земли. Смертельная инъекция была опцией, которую оба и я и Сэт с радостью носили. Я видела, что случалось с солдатами, которых захватывал Улей, и смерть была предпочтительней, чем потерять себя и превратиться в нечто нечеловеческое. Я не знала предлагали ли другие планеты своим воинам такой вариант, и меня это не волновало. Никто не хотел быть захваченным Ульем живым. Мне сказали, что шприц был заполнен самым смертельным ядом известным в Коалиции. Не было противоядия, смерть наступала через несколько секунд.

Что угодно было лучше, чем закончить как один из тех серебряноглазых роботов. Одну вещь мы усвоили достаточно быстро, у Улья нет понятия чести. Они редко убивали, предпочитая брать в плен солдат и увозить их в свои центры интеграции, где могли имплантировать технологии Улья в

ДНК, пока солдаты не переставали контролировать свои собственные тела. Они становились одним целым с Ульем. Андроидами. Ходячими компьютерами, во всех смыслах, которые следовали приказам коллективного разума Улья.

Они становились беспощадными бойцами и были нашей основной целью. Делать нашу работу – устранить Улей с этого грузового корабля и свалить оттуда, транспортироваться обратно на базу, поесть, поспать в ожидании следующей миссии. Жить, чтобы сражаться на следующий день. *Это* была наша цель.

Не только я делала все, чтобы сохранить жизнь своим людям, но и мой брат тоже.

Звуки ионных бластеров утихли, яркие вспышки оружейного огня исчезли. К счастью для нас, грузовой корабль был наполнен запасами, рядами и рядами ящиков, заполняющими грузовое пространство, предоставляя нам хорошую защиту и укрытие. К несчастью, это означало, что Улей тоже может укрываться там.

Мы хотели застать их врасплох, загнать Улей в центр, сбивая их в более маленькое пространство, как анаконда, выжимающая жизнь из своей жертвы. Но Атланский воин разрушил все наши планы, пришел без приглашения, и не в лучшую сторону. В гневе я подвела итог. Двое моих людей вышли из строя, но судя по всему Улей был разгромлен.

«Развед отряд 7, доложите», – я слушала своих людей, пока они отмечались.

«Шесть чисто».

«Три чисто. Двое мертвы».

Я вздохнула, но не стала думать об этом. Дерьмо случалось. Солдаты умирали. Я подумаю об этом позже, когда буду писать письма их семьям и рыдать. *Позже.* «Ричардс?»

«Девять чисто».

Я ждала, ожидая услышать Сэта, который был на позиции двенадцать часов на нижней палубе.

«Развед отряд 4?»

Я услышала голос Сэта, громкий и четкий: «Лучше спускайся сюда».

Я приказала своим людям оставаться наверху и побежала вниз по пандусу к своему брату. Мои глаза расширились не только из-за Улья, когда я добралась.

«Вот дерьмо...» – прошептала я.

Это был... тот воин, который транспортировался сюда. На нем была униформа Коалиции, но она ему так подходила, что мой рот открылся. На нем не было шлема, его лицо суровое, но не такое, которого я ожидала от пришельца. Он выглядел почти по-человечески, только намного больше. Возможно ионные выстрелы пролетали над моей головой, но я бы этого не заметила. Он был определенно высоким – легко достигая семи футов, мрачный и привлекательный, размером с дровосека. Кровавый дровосек, так как он был весь в крови Улья из кучи мертвых, обезглавленных тел, которые лежали возле его ног, разбросанные словно мусор. Он даже не вытащил свой ионный бластер из кобуры. Его запястья были толщиной с мои бедра, а я была совсем не худая. Он заставил мое сердце забиться быстрее и мое дыхание сперло, на меня даже битва с Ульем так не подействовала.

Он стоял высокий и уверенный, возможно даже слишком уверенный, так как он игнорировал разрушения вокруг себя и искал... что-то. Или кого-то. Даже с расстояния, я услышала его низкое рычание и увидела как все его тело напряглось, готовое оторвать голову следующему идиоту достаточно глупому, чтобы привлечь его внимание. Его темные глаза имели силу, которую я никогда не видела ни в каких других. Я сглотнула, когда они уставились в моем направлении. Я проигнорировала его, думая что это потому что я не хотела, чтобы мне оторвали голову. По факту, я не хотела чтобы эта сила сосредотачивалась на мне.

# 4

# Сара

Со всеми этими ионными взрывами, которые пересекали территорию во время стычки, ему следовало бы спрятаться, вытянув свой ионный пистолет, но он этого не сделал. Он проверил лево, затем право, когда я услышала слишком знакомый гудящий звук со стороны.

Еще три Улья транспортировались сюда в нескольких шагах от меня и атаковали. Видя, что один из Улья собирается меня пристрелить, Атлан даже не моргнул. Я клянусь, что он увеличился в размере, будто надулся как воздушный шар. Он был зол. Даже взбешен, сухожилия на его шее выделялись, а челюсть сжалась. Его глаза сузились и он схватил воина Улья и буквально оторвал ему голову, даже не обратив внимание на наставленный на него ионный пистолет. Кровь била струей отовсюду, когда он бросил тело его товарищам, а следом и сам бросился на них.

Мне следовало бы попытаться помочь, но я перекатилась в сторону и встала на колено, с винтовкой наготове.

Слишком поздно, трое уже были мертвы. Тела лежали у его ног, словно жертвы кровожадному богу.

Я уставилась на эту бойню, шокированная. Двое людей Сэта подбежали ко мне с флангов, пялясь так же как и я. Я была уверена, что никто из нас не видел такой жестокости ни на Земле, ни где-либо еще. Я понятия не имела, зачем вообще этот пришелец носил оружие. Эти руки, эти огромные ручищи, они были оружием сами по себе. Я знала, что на Земле так говорят, когда кто-то злится, что он оторвет тебе голову, но это... дерьмо, это произошло на самом деле.

Сэт усмехнулся мне в ухо и вышел из-за грузового контейнера, пока я оставалась на колене, моя винтовка теперь была направлена на пришельца, который рычал как медведь.

«Добро пожаловать на нашу маленькую вылазку, Атлан. Я Капитан Миллс».

Сэт не поднял винтовку, но также и не отложил ее. Я держала свою, целясь воину в голову.

Гигант пробурчал и встал в полный рост, что заставило меня заморгать. Сильно. Его плечи были массивными, его грудь достаточно широкая для такой большой девочки как я, чтобы свернуться на ней калачиком. Я захотела *прикоснуться*, и это желание раздражало. Когда гигант заговорил, его глубокий, грохочущий голос прошел прямо до моего лона, мои соски стали твердыми. Секс на палочке. Боже правый, он был самым горячим мужчиной, которого я видела. Когда-либо.

«Ты не Капитан Сара Миллс».

Сэт рассмеялся и я почувствовала, что мое сердце забилось сильнее. *Капитан Сара Миллс?* Этот воин знал кто я?

Я все еще молчала, я встретилась взглядом с братом на секунду и кивнула ему, чтобы он продолжал. Если этот большой парень искал меня, то я не была уверена, что хочу, чтобы он меня обнаружил.

Сэт снял свой шлем и сунул его под левую руку, в правой руке он все еще держал свой ионный бластер: «Нет, я не она. Это, должно быть, моя сестра, которой повезло пройти армейские тесты ASVAB и научиться летать. Что вы хотите от Капитана Миллс?»

Вместо ответа воин сжал кулаки по бокам, будто борясь с тем, чтобы сдержать себя. Все винтовки вокруг меня были наготове, пока мы находились в ожидании, чтобы увидеть, что Атлан собирается делать: «Она не здесь?»

«Кто спрашивает? - Сэт поднял свой ионный пистолет, чтобы убедиться, что Атлан знает, что надо вести себя хорошо, - я не знаю тебя, солдат. Ты транспортировался во время действующей операции и поставил под угрозу два подразделения. У меня пятеро погибших, потому что ты запорол нам атаку. Как по мне, я должен подстрелить твою задницу и начать разгребать то, что ты учинил».

Атлан поник, будто обеспокоенный тем, что сказал мой брат: «Я приношу извинения за ваши потери. Мы не осознавали, что я могу транспортироваться в активную боевую зону. Это было ужасной ошибкой».

«Почему ты здесь?»

Я сильнее сжала винтовку, ожидая его ответа.

«Я ищу Капитана Сару Миллс».

«Зачем?»

«Она моя».

У меня чертовски зазвенело в голове, прежде чем я даже обдумала его слова. Брови поднялись, я встала и опустила винтовку: «Семь, держите его в поле зрения».

Подтверждения зазвучали в моих ушах, когда я опустила ионный бластер и попыталась решить, что делать. Гигант повернулся на звук моего голоса и я сняла шлем, бросая его на пол. Он выглядел так, будто хотел двинуться ко мне, и я подняла бластер, чтобы его остановить: «Не вздумай!»

«Ты Сара Миллс».

«Откуда ты меня знаешь? Я не знаю никого из Атланов», – встретиться с ним взглядом было большой ошибкой, так как мгновенное вожделение, которое я испытывала наблюдая за ним, развернулось в полную силу. Меня терзало искушение облизать губы и подразнить его, что было просто глупо. Когда я уставилась на него с таким пустым выражением на лице насколько могла, странное гудение проскользнуло по моей коже на лице и шее. Я напряглась, мой взгляд переметнулся на Сэта. Его глаза расширились, когда он почувствовал нарастающую энергию.

«Прибывающие!» –закричала я, ныряя на пол, когда взрыв энергии расчистил центр комнаты.

Когда Сэтрясение кончилось, три солдата Улья стояли именно на том месте, где мы скрывались.

Атлан прорычал, бросаясь в бой. Мои люди открыли огонь с верхних палуб на удивление Улья. Солдаты не атаковали, как я боялась, но кивнули друг другу и исчезли – растворились в густом воздухе – один за одним.

Последний, однако, оказался в нескольких дюймах от Сэта. Он схватил моего брата и закрутился, поднимая Сэта в воздух и используя как живой щит, когда ионная винтовка моего брата грохнулась на пол возле его ног.

*Сэт!*

Я подняла пистолет, но не могла выстрелить не задев своего брата. Атлан посмотрел на них и замер на полпути. Весь мой опыт подсказывал мне оставаться на позиции, моя рука наготове, мы ждали, что будет делать солдат Улья.

«Отпусти его!» – закричала я солдату Улья, но он меня проигнорировал, его взгляд остановился на реальной угрозе, на Атланском гиганте в нескольких шагах от него.

Сэт ударил ногой, дотягиваясь до шприца сбоку, и прокричал нам всем: «Сделайте это! Убейте его!»

«Нет!» – закричала я брату, когда Улей отступил назад, дальше от нас, а мой брат был прижат к его груди словно щит.

В моем ухе голос Ричардса прозвучал как искушение самого дьявола: «Я могу сделать выстрел, капитан».

Он был выше меня и недурно стрелял, но не идеально, и был далеко не похож на настоящего стрелка, а на кону была жизнь моего брата. У Ричардса было примерно 4-х дюймовое окно, чтобы убить солдата Улья и оставить Сэта в живых.

«Нет. Не сейчас».

Воин Улья, удерживающий Сэта, поднял свое оружие и прицелился в Атлана. Мы все замерли на месте, когда серебряные безжизненные глаза солдата Улья осматривали комнату. Прежде чем мы смогли что-то сделать, Улей нажал кнопку на своей униформе и … исчез. Вместе с ним и Сэт.

Исчез. Бац. В густом воздухе. На Земле не существовало подобных чудес как транспортировка. Это было словно в старых теле-шоу, но никак не в реальной жизни. Только те, кто сражался за коалицию, видели это по-настоящему. *Телепортируй меня, Скотти*. Первый раз, когда меня транспортировали, я испугалась. Технология была крутой, до настоящего момента. Теперь моего брата куда-то транспортировали, куда-то в Улей. Куда-то, где они превращали бойцов Коалиции в машины, заменяя части тел искусственными имплантатами, пока не оставалось ничего индивидуального. В одну секунду он был тут, в следующую испарился.

Если только мой брат не выбрал вторую дверь. Воспоминание о его руке тянущейся к шприцу на бедре, как заевшая пластинка, крутилось у меня в голове: «Сэт!» – закричала я.

Сумасшедший Атлан, испортивший нам операцию и ставший причиной поимки моего брата Ульем, повернул голову и уставился на меня. Темные глаза прищурились, полные губы поджались. Он не отвел взгляд, даже когда все ионные бластеры в комнате направились в его сторону. Я что-то почувствовала, какой-то первобытный и взрывной огонь разгорелся во мне, когда наши взгляды встретились.

Черт возьми. Он… я чувствовала… и… дерьмо. Мой мозг дал сбой. Мое тело пренебрегло всеми понятиями личной безопасности, когда я зашагала к мужчине, готовому атаковать со всей своей мощью. Я подняла свой ионный пистолет и двигалась так, пока он не прижался к его броне, прямо над его сердцем. Я уставилась в те глаза и поняла, что он даже не пытался меня остановить. Он не прикоснулся ко мне, вместо этого его темные глаза наполнились болью, когда он посмотрел на меня.

Наши взгляды встретились и я не смогла, не смогла спустить курок. Я изучала его сильную челюсть и полные губы, темные глаза и черные, шелковистые волосы, которые спадали до его подбородка. Он был поистине ошеломляющим, его сила поражала. Даже с той яростью, которая бушевала во мне, я не смогла спустить курок. Взятие в плен моего брата не было по-настоящему его виной. И ничьей больше. Это война.

«Капитан!» – голос Ричардса вывел меня из транса и я опустила оружие, но не отступила от воина.

«Ты поможешь мне вернуть брата!»

Его глаза расширились от удивления, но он кивнул: «Даю слово», – этот голос, эти слова, как обвал. Суровый, грубый и глубокий.

Успокоившись, я сделала шаг назад.

«Все чисто!» – прокричала я, сигнализируя, что вставать безопасно. Пришло время отсюда убраться к чертовой матери.

Атлан внимательно меня рассматривал, но не двигался. Мы все знали, благодаря его униформе, что он был из Коалиции, но то, как он себя вел, кровь покрывающая его руки? Он являлся угрозой и его молчание помогло нам всем успокоиться и не убить его.

«Я хочу, чтобы четверо из вас остались здесь и прикрыли нас. Улей транспортировался сюда и забрал Капитана Миллса», – сказала я в бешенстве от того, что им удалось проникнуть сюда и забрать Сэта. *Он позволил этому произойти.*

«И ты», - я указала на неконтролируемого бойца.Он взглядом пронесся по комнате, затем встретился глазами со мной. Возник жар, когда он посмотрел на меня, желание. И это меня взбесило. Мы находились в центре военных действий. Мне не нужно было - или я не хотела быть - влекомой кем-то в разгар битвы. Я не была тонкой и звонкой, но его взгляд заставил почувствовать себя маленькой и женственной. Женственной? Это сумасшествие, только не в моем бронежилете. Линии моей груди были спрятаны за нагрудной броней. Мои бедра скрыты под черными штанами. Никто здесь не рассматривал меня как женщину. Я была их лидером и на этом все.

Тот факт, что он заставил меня думать о сексе прямо сейчас, стал причиной того, что мои мышцы потерял контроль от ярости.

«Кто ты, черт возьми, такой и почему меня ищешь?» - спросила я.

«Я Военачальник Дэкс с Атлана и я твоя совпавшая пара. Ты моя».

«Ты издеваешься? Это идея этой мыши так пошутить? Я не невеста, Военачальник Дэкс с Атлана. Прости. Тебе придется отвалить», - я подняла руки вверх и кивнула команде Сэта. Так как Сэт пропал, сейчас они находились под моим командованием. Под моей ответственностью.

«Четверо из вас останутся здесь, будьте начеку. Создайте транспортный блок, так больше не будет сюрпризов».

«Да, сэр».

«Медики, займитесь раненными, убедитесь, что мы сделали все, что можем, и транспортируйте их отсюда, - я направилась к двери, - трое из вас со мной к мосту.

Ричардс, я хочу, чтобы ты был на проверке системы. Мое подразделение, возьмите кого-нибудь из четверых и проверьте другие палубы. Ребята, вы знаете что делать».

Обе команды поспешили выполнять то, что им приказано, и я проигнорировала большого пришельца, когда он пошёл в ногу со мной. Я ощущала себя как кокер спаниель рядом с ротвейлером. Хотя за нашими спинами находились трое вооружённых члена моего подразделения, я все еще держала свой ионный пистолет.

«Этот термин, который ты используешь, он ассоциируется исключительно с тем, что мужчина сношается с женщиной, доставляя ей удовольствие, а не с... битвой».

Мужчины возле меня немного расслабились от его слов, думая, что Дэкс шутит. Но он не шутил. Мои щеки горели, но не из-за смущения. Нет, из-за постоянной картинки в мозгу как этот военачальник прижимает меня к ближайшей стене, разрывает на мне штаны и входит в меня.

И если я когда-либо вернусь на Землю, я собираюсь прикончить эту мышь.

«В чем твоя проблема? – лучше было перенаправить мой интерес к нему в раздражение. – Они тебе не сказали, что я отказалась от программы невест?»

«Да».

Я остановилась от его признания и он сделал шаг ближе, поэтому мне пришлось поднять вверх подбородок, чтобы встретиться с его темными глазами. Я не отступлю. Его взгляд блуждал по моему лицу, затем спустился вниз по моему телу. Это не было взглядом воина, с которыми мне когда-либо приходилось работать. Этот взгляд был вульгарным и сексуальным, полный жара, которого я раньше не встречала и...

дерьмо, мои соски просто затвердели. Хвала Господу за нагрудную броню.

«Ты думаешь это для меня важно?» - он изогнул бровь, будто ожидая, что я склоню голову и позволю унести меня отсюда подальше, как сказочная принцесса. Такого не случится. Ничего не случится, пока я не доставлю своих людей обратно на борт Картер и не вырву своего брата из лап Улья.

Он потянулся, чтобы схватить меня за руку, но я подняла свой ионный пистолет, останавливая его. Мои люди также направили на него свое оружие. Он остановился, но, казалось, его вообще ничего не волновало… или он не боялся того, что может умереть, сделав одно неверное движение.

«Отступите», – скомандовал он.

Никто не последовал его приказу и я подняла бровь в безмолвном удовлетворении, зная что мои люди будут за меня.

«Если моего титула военачальника недостаточно, то полоски на моей униформе указывают на то, что я рангом выше вас всех, - сказал он, указывая окровавленным пальцем на символ на его плече. - Я рад видеть, что вы оберегаете и защищаете мою пару, но или вы отступите или столкнетесь с военным трибуналом».

Он был прав. Хотя и ясно было, что он с другой планеты, планеты где мужчины едят столько шпината как морячок Попай, чтобы вырасти такими большими, он носил униформу Коалиции, которую мы все узнали. Он был выше рангом, чем я и мы, технически, должны были подчиняться его командам.

Мои люди оставались с поднятым оружием и я осознала, что все зависело от меня. Если бы я сказала своим людям драться с этим огромным пришельцем, они бы выполнили мой приказ. Но скорее всего они бы закончили в какой-нибудь тюрьме Коалиции только потому, что я не смогла проконтролировать свой нрав. У меня не было привычки просить моих людей жертвовать собой ради меня, особенно из-за чего-то такого нелепого.

Повернув голову, я кивнула им опустить оружие. Это могло подождать, пока мы не вернемся обратно на наш корабль.

Он посмотрел на меня и теперь настала его очередь поднять бровь, чтобы я убрала свое оружие от его живота. Хотя он сейчас отвечал за группу на грузовом судне, это не означало, что я перестану злиться на него. Неохотно, я опустила пистолет.

«Ты вообще понимаешь, что ты сделал?! - я сжала ладони в кулаки по бокам так, чтобы не ударить его. - Я потеряла сегодня хороших людей. И Улей просто забрал моего брата!»

«Я прошу прощения за потерянных воинов. Но твой брат должен был защищать тебя на Земле, там откуда ты. Женщине не место в битве с врагом», - возразил он.

«Мой *брат* не решает, что мне делать».

«Очевидно. Однако, я решаю».

Мои глаза стали круглыми и затем я рассмеялась: «Вы можете быть выше меня по званию, *сэр*, - я выделила последнее слово, - но вы не моя пара».

«При всем уважении, военачальник, - мой второй командующий, Шепард, подошел и встал возле меня. Казалось, он проявлял к этому... Дэксу больше почтения, чем я. Но его и не называли *парой* большого парня. - Мне придется поставить под вопрос... точность вашего утверждения. Капитан Миллс с нами два месяца. Законы

Земли не позволяют солдату вступить в программу боевого батальона, если он в браке. Или в паре».

Шепард вел себя дипломатично, очевидно боясь назвать этого военачальника идиотом. Но Дэкс ошибался, абсолютно ошибался, поскольку не было никакого шанса, чтобы я стала парой этого высокомерного животного. Даже мое подсознание не было так жестоко со мной.

Вместо того, чтобы оторвать Шепард голову, Дэкс ответил: «Эта Земная женщина моя выбранная пара Программой Межгалактических Невест и я утверждаю ее».

Вот, дерьмо. Он *был* с Атлана. Планеты, которую называла Надзиратель Эгара. Я потрясла головой: «Я оставила программу, потому что все это было ошибкой. Надзиратель сказала, что совпадения не будет, если я не согласна. Теперь я солдат, и я уверена, что ты с этим ничего поделать не можешь».

«Ты скажешь Командиру Картеру, что ты моя пара и подашь прошение об отставке». Он совершенно ясно игнорировал все, что я говорила.

Я поставила руки на бедра: «Я ничего подобного не сделаю, болван!»

Он нахмурился: «Я не знаю такого термина, но для пары это встанет в копеечку».

Я сделала шаг назад, ни потому что я боялась Дэкса, но потому что он мог возможно быть прав во всей этой неразберихе. Я помнила ту мелкую идиотку ассистента, Надзирателя Морду, и то как она все перепутала. Могла ли она еще что-то напортачить, после того как меня зачислили на службу во флот Коалиции? Например не удалила мой профиль, не выписала меня из системы?

О, черт.

«У нас произошло совпадение, – он наклонился, не теряя контакта глазами, –ты моя».

Я вздрогнула. Я не могла быть парой. Я совершенно точно не смогу последовать за Сэтом, если буду вынуждена уйти из армии и стать чьей-то невестой. Я сомневалась, что эта громадина хотела от меня чего-то еще кроме рождения от него детей. Он уже сказал, что женщинам не место в сражениях. И это не заставляло меня поверить, что он захочет, чтобы я привела команду в центр интеграции Улья и спасла Сэта.

Хотя он дал мне свое слово, что поможет вернуть моего брата.

Вероятнее всего, он планировал погладить меня по голове как хорошую маленькую девочку и оставить в стороне, пока он пошел убивать драконов. Я получала весьма очевидные вибрации гиперопеки от него. И это было неприемлемо.

Мог ли он вынудить меня подать в отставку? Я не знала правил. Как только я стала его парой благодаря системе, мог он заставить меня уйти из армии? Мог ли этот гигантский Атланский самец вынудить меня?

Помимо всего прочего, я не хотела *пару*. Я имела дело с достаточным количеством мужчин в своей жизни – назойливый отец, три брата, командиры в армии, сослуживцы – мне не нужна была пара. А он? *Он*! Боже, этот мужчина мое совпадение? Пока что, он не сделал ничего, кроме как выводил меня из себя. И что, что он был ходячим сексом на палочке – сексом на *очень большой палочке*. И что с того, что мой разум вызывал в моем мозгу картинки того, как он трахает меня возле стены, зарываясь в меня сильно снова и снова, пока я не кончила на его огромном члене? И я знала, что он огромный. Должен был быть.

Я отказывалась верить, что мои ощущения вызваны каким-то совпадением пар. Вероятнее, я обратила на него внимание из-за длительного отсутствия секса. Два с половиной года без секса сведут любую нормальную женщину с ума, чтобы она обратила внимание на огромного самца. Я просто хотела оргазм или два, и не возражала против идеи, чтобы получить их от него. Только потому что я женщина, не означало, что я не могу потрахаться и уйти в закат. *Поматросить и бросить* могло работать и для меня тоже. Так?

Это влечение было чисто биологическим. Он заставлял мои соски твердеть, и что с того? Холодная погода делала то же самое и будучи из Флориды я ненавидела снег. Дэкс был сто процентов властным и откровенным шовинистом, доминирующим и подавляющим... и так далее и так далее. Мне подфартило, когда я выбрала коалицию вместо него. Пара... с ним! Ха!

«Я не пойду с тобой, но ты можешь пойти с нами, – сказала я ему, толкая его концом своего ионного пистолета. – Шепард, возвращаемся в пространство Коалиции?»

Шепард проверил свои данные и кивнул: «Да, сэр».

«Отлично».

Теперь мои люди будут в безопасности, корабль будет защищен патрулями Коалиции и сопровождений обратно в боевую группу для зачистки и перераспределения.

«Шеп, ты главный по чистке. Я отвезу свою *пару*... – я произнесла слово с пренебрежением и сарказмом, – обратно к Картеру. У нас есть дело».

Дэкс нахмурился на меня, но я не посмотрела на него в ответ.

«*Ты* едешь со мной на Брекк».

Я подняла пистолет и прищурилась: «Нет. Не еду. *Мы* найдем Командира Картера, распланируем спасательную операцию и получим космический развод».

Думаю, что он зарычал. Какого черта? Он был частично зверем или что?

# 5

экс

Час заняло у моей пары отчитаться перед своим командующим офицером о событиях битвы, на которую я напрямую транспортировался. Сделав это, нам было приказано доложить в командный пункт Командира Картера в командном отсеке. Теперь мы стояли напротив стола Командира Картера. Моя пара стояла по стойке смирно возле меня перед Приллонским лидером. Как и все Приллонские командиры, он был почти таким же большим как и я, с золотистыми волосами и глазами хищника, которые смотрели на нас обоих. В его выражении лица не было никакой мягкости или сопереживания. Он сидел неподвижный, весь во внимании, за своим столом, расчетливый и спокойный, несмотря на растущее раздражение моей пары.

«Я хочу направиться за ним, – сказала она своему

командиру, ее подбородок дерзко вздернут. Я стоял и просто слушал. Я выжидал время, мой шанс заговорить вскоре появится. – Я возьму добровольцев».

Ее командир вздохнул и продолжал меня игнорировать.

«Я не могу дать разрешение на спасательную операцию в центр интеграции из-за одного бойца Коалиции. Все здесь нестабильно, капитан. Я не могу рисковать воинами для операции, которая скорее всего обречена на провал. Мы удерживаем этот сектор чистым усилием воли. Я не могу рисковать жизнями хороших, сильных воинов ради человека, который возможно уже потерян».

И вот она, та правда, которую моя пара не хотела слышать. Я мог видеть смесь ярости и грусти, вспыхнувшей на ее лице, но она ее очень хорошо скрыла: «Я должна попытаться. Он мой брат».

Ее боль пробудила во мне гнетущее желание притянуть ее и крепко прижать к себе. Сила необходимости обнять инопланетную женщину, успокоить ее, только подтверждала, что я находился во власти парной связи. Сейчас я ее изучал, пока она стояла перед своим командиром и пыталась скрыть свою боль с ожесточенной гордостью, которой я восхищался. Она выглядела настолько живой и красивой, намного ярче, чем та картинка, которую я увидел у доктора на планшете. То изображение было плоским, без ее огня или упрямого наклона ее челюсти. В жизни, она выглядела намного лучше. Она носила знакомую униформу бойца Коалиции, бронежилет легко скрывал все ее изгибы. Возможно потому что она была моей парой, или потому что она была так чертовски привлекательна, но я хотел ее с такой дикостью, которую никогда раньше не испытывал. Мне приходилось фокусироваться, чтобы слушать ее разговор с командиром, так как представления о том, как я разрываю ее броню в клочья и исследую ее изгибы своим языком, практически сводили меня с ума. Она была *очень* женственной, и она была моей. Ее темные волосы были затянуты назад в тугой узел на затылке. Я задавался вопросом каково это, когда я запутаюсь пальцами в ее волосах и потяну ее голову назад для поцелуя. Ее кожа была незагорелой, более бледной, чем моя или кого-то еще на Атлане. Сомневался, что она достанет выше, чем до моего подбородка, но для женщины она была высокой. Она не была хрупкой или изящной, но явно дерзкой, смелой и нахальной. Моему внутреннему зверю нравился весь этот огонь и мой член хотел его попробовать. Зверь во мне рвался наружу, чтобы перекинуть ее через плечо и унести.

Я знал, что любой мужчина, взглянувший на нее, сразу же к ней потянется, и боролся с примитивной потребностью пометить ее своим запахом, втереть запах моей кожи и мою сперму в ее плоть, чтобы быть уверенным, что каждый самец, который подойдет достаточно близко, знал, что она принадлежит мне. Она моя и мне нужно было, чтобы каждый знал об этом, включая упрямую женщину, которая прямо сейчас старалась найти способ избавиться от меня. Все, о чем я мог думать, это как погрузить свой член глубоко в нее, а все, чего хотела она, заставить меня ее покинуть.

Этот вызов взбесил моего зверя и мне это не нравилось, я чувствовал как стремлюсь почувствовать ее зубы и когти в спальне. Как она до сих пор оставалась без пары было за гранью моего понимания. Как это возможно, что ни один самец на Земле не пожелал ее или не утвердил ее? Это заставило меня задуматься, что возможно с тем видом самцов было что-то не так. Человеческие самцы, должно быть, идиоты.

«Я знаю, что он ваш родственник, – Командир Картер поднял руку, когда она хотела заговорить снова. – Я также осведомлен, что двое ваших братьев уже умерли от рук Улья. Я сожалею о вашей потере, но я не могу ничего поделать».

Двое братьев умерли от рук Улья? Это кое-что объясняло. Сколько еще братьев у нее осталось? Были ли семьи с Земли похожи на Атланские? Были ли это родственные связи, любовь, между братьями и сестрами, которые руководили ее потребностью спасти его? Если дело в этом, то я понял, так как у меня тоже был брат. И если бы его взяли в плен, я тоже бы постарался его спасти. Но она была женщиной и моей парой. Если ей нужно знать, что ее брат в безопасности, я позабочусь о нем ради нее.

Я зарычал, и оба, и моя пара и командир, повернулись ко мне.

«Я отправлюсь за ее братом. Это мое вмешательство привело к его поимке».

Мне не стоило удивляться ее воинским умениям, тактическому мастерству, которое я наблюдал на том грузовом корабле. Женщины не сражались. Они умиротворяли, успокаивали, лелеяли. Они не были глупыми; по факту, как раз наоборот. Женщина была единственной, кто мог приручить внутреннего зверя ее пары и это выдавало ее острый ум. Первоначальная брачная лихорадка истощалась связью, но непредсказуемая ярость зверя никогда не исчезала навсегда. Наш пары знали как успокоить тревогу, которая бурлила внутри, часто безмолвно. Я никогда не знал такого гнева и злости, когда она могла оказаться в серьезной опасности.

Я хотел защитить ее, трахнуть ее, позаботиться о ней. Но Сара Миллс не хотела пару и не казалась хорошим укротителем. Поэтому я мог завоевать ее сердце только одним способом, вернуть ее брата обратно.

Командир откинулся назад в своем кресле и скрестил руки на своей массивной груди. Будь я человеком, меня бы это напугало, но я Атлан, и размером даже больше чем этот Приллонский воин, уставившийся на меня сейчас. Я с удовлетворением принял его гнев, радуясь, что перенаправил его раздражение от моей пары: «Вы следующая проблема, Военачальник Дэкс. Какого черта вы делаете в моем секторе без авторизации?»

«Я прибыл за своей парой».

«Я боец, а не пара. Я сказала это программе невест. Простите, что вы не получили уведомление, - она посмотрела на командира. - Вы можете направить меня к эскадре, которая возможно, по крайней мере, сражается где-то рядом с центром интеграции?»

«Ты хочешь, чтобы тебя поймали и превратили в киборга?» - спросил я, мой голос прозвучал громко в маленькой комнате. Она отказалась уступить и я отказался уезжать без нее. Я не мог. Хотя браслеты не были на ее запястьях - пока что - я не брошу свою пару. Она была моей и я ее защищу, даже от себя самой, ценой своей жизни.

Она закатила глаза: «Нет, но мне нужно спасти брата!»

«Нет, ты этого не сделаешь. Я верну его вместо тебя».

Она открыла рот, ее взгляд испепелял, но командир поднялся с места и ударил рукой по столу: «Никто из вас не отправится на территорию Улья спасать мертвого человека. Капитан Миллс, ваш брат мертв. Если они его еще не убили, то в него уже вживили имплантаты, его тело напичкано искусственными технологиями, которые мы будем неспособны удалить. Он мертв. Простите. Ответ-нет».

Командир повернулся ко мне: «А вы, Военачальник Дэкс, возвращайтесь в комнату транспортировки и покиньте мой корабль. Я слышал о ваших действиях, и мне не нужен человек в режиме берсерка, которого придется убить. Возвращайтесь на Атлан и найдите новую пару».

«Моя пара тут. Если я покину этот корабль, то она отправится со мной».

Хотя это было правдой и принудительная связь *была* возможна, я предпочел бы, чтобы моя пара приняла совпадение добровольно. Иногда это был единственный способ спасти жизнь воина. Я не стану вынуждать ее принять связь, но в ее присутствии мой зверь успокаивался. Я соблазню ее, заставлю кончать ее снова и снова, пока она не перестанет думать ни о чем, кроме как ублажать меня, трахаться со мной, успокаивать меня.

Я скрестил руки на груди. Я знал, что ей не понравится, что ей командуют, но я ее вынесу отсюда, если понадобится.

Мне не нужна была полная связь, чтобы сдерживать зверя сейчас, мне просто нужно было находиться рядом с ней. Вынужденная связь это бесчестное действие отчаявшегося мужчины, и то, чего я делать не стану. Принуждение к связи между нами не сулит ничего хорошего для продолжительного союза. И если я собирался создать пару с этой женщиной с Земли на оставшуюся жизнь, то хотел бы, чтобы она хотела меня так же, как я ее. Я хотел трахать ее, опекать ее, оберегать ее – и трахать снова, но я не возьму женщину, которая этого не желает.

Я лучше умру.

Однако, соблазнение это игра, в которую мне хотелось поиграть.

«Она не отправится с вами, военачальник, потому что она не приняла ваше совпадение. Она не невеста Коалиции, она Капитан Миллс Разведподразделения 7, – Командир был столь же непреклонен. - Прямо сейчас, она моя. *Приллонские* воины не вынуждают женщин вступить в парные связи, которых они не хотят».

Сара ухмыльнулась и мой член набух. Без вопросов, она была даже намного милее, когда не вела себя жестко и характерно. Она чувствовала себя победоносно и могущественно, пока командир прикрывал ее, но от этого она не получит то, в чем она нуждалась, чтобы быть счастливой, и настало время ей об этом напомнить.

Я указал на командира, но повернулся лицом к ней: «Он не отпустит тебя найти твоего брата».

Ее взгляд метнулся с моего лица на ее командира: «Что я *могу* сделать?»

«Возвращайтесь в свое подразделение и следуйте приказам, пока ваша двухгодичная служба не закончится, - когда ее плечи напряглись от столь прямолинейных слов командира, он добавил, - Вы один из лучших лидеров разведки, которых мы имеем. Вы умны, быстры, и не паникуете под обстрелом. Люди вам доверяют. Вы можете принести здесь много пользы, капитан. Нам нужны такие офицеры».

Я снова зарычал; мысль о том, что моя пара вернется в битву без меня, была свыше того, с чем мой зверь мог смириться. Просто думая о перестрелке, которой я стал свидетелем, о ионных взрывах над ее головой, я почувствовал как мой зверь зашевелился. Командир должен был догадаться о моем недовольстве такими словами. Для Приллонца он был большим, но я был больше: «Она *не* вернется к битве».

«Отправляйтесь домой, на Атлан, военачальник, – возразил он. – Найдите другую пару».

«Мне не нужна другая».

Плечи Сары напряглись на мое заявление и ее взгляд переметнулся на мое лицо, будто она не верила моим словам.

«Тогда ждите два года, пока ее служба не закончится», – приказал командир.

«Черта с два! – проревел я. – К тому времени я умру!»

Ее брови взлетели.

Командир окинул меня взглядом: «Брачная лихорадка? Сколько времени у вас есть?»

«Не много», – коротко ответил ему я, хотя пялился на Сару.

«Что ты имеешь ввиду, под буду мертв? Ты болен?» – спросила она меня. Я увидел как беспокойство борется за место в ее сердце, как раз рядом с ее гневом. Возможно для нас это наконец станет надеждой.

«Командир, могу я, пожалуйста, переговорить с моей парой... наедине?»

Приллонец посмотрел на нас обоих. Когда Сара кивнула, он вышел не говоря ни слова, дверь закрылась за ним.

Наблюдая как она беспокоится, у меня появилась надежда.

«Брачная лихорадка, – сказал я ей. – У мужчин Атлана

есть такое, хотя когда она поразит, никто не возьмется сказать, это всегда индивидуально. Это длится несколько недель, медленно нарастая пока все это расходуется. Я старше, чем большинство тех, у кого она была, но это неважно. Когда она захватывает, она подавляет логику и здравомыслие и превращает мужчину – меня – в то, что мы называем берсерк».

Я поднял свои окровавленные руки: «Мое тело трансформируется из человека в большого зверя. Ярость переполняет меня, и бушует, пока не останется ничего, кроме чистых животных инстинктов. Я могу отрывать головы Улья не моргнув, но я и не захочу останавливаться. Единственная вещь, которая может контролировать берсерка это его пара. Единственный способ успокоить зверя это быть удовлетворенным и принятым нашими парами, трахаться».

Ее глаза округлились.

«И если ты не ... потрахаешься, ты умрешь? В этом никакой логики», – сказала она, удивленная. Услышав из ее губ слово *трахаться*, я был готов застонать.

«Это называется *брачная* лихорадка не без причины. Она призвана обеспечить всех Атланских мужчин парами, позволяя продолжение биологического вида. Если самец не находит пару, он умирает».

«Как выживание сильнейших», – ответила она.

«Я не знаю такого термина».

Она подняла руку: «Не важно, но я понимаю... суть. Если тебе нужно трахать кого-то, тогда пойди и найди космическую проститутку или что-то подобное, – возразила она, махнув рукой в воздухе. – Тебе не нужна я. Любая вагина подойдет».

Злость поднялась во мне из-за ее последних слов: «Не

любая, – прорычал я, затем сделал глубокий вдох. Конечно, некоторое время назад я размышлял по-другому, но сейчас она стояла напротив меня. Теперь я знал, в глубине души, что эта женщина с Земли моя. Мне не нужна программа совпадений для подтверждения. – Это *брачная* лихорадка. Это значит, что она закончится только тогда, когда трахнешь *пару*. В моем случае, тебя».

Когда она не промолвила ни слова, я двинулся вперед. Подходя ближе, я сказал: «Ты знаешь, что я вижу, когда смотрю на тебя?»

Она покачала головой.

«Самую светлую кожу, к которой я хочу прикоснуться. Я задаюсь вопросом, насколько она мягкая. Ты такая мягкая везде? Твои груди, ты пытаешься их скрыть под своим бронежилетом, но они круглые и пышные. Вполне размером с ладонь. Я хочу потрогать их и ощутить их тяжесть. Я хочу наблюдать, как твердеют твои соски, когда я проведу по ним большими пальцами. Эта пухлая нижняя губа, интересно, каково это, укусить за нее. И твоя киска...»

Она подняла руку вверх, скорее всего, чтобы оттолкнуть, но ее ладонь опустилась на мою грудь. Я накрыл ее своей и пошёл с ней назад, пока она не столкнулась со стеной. Я не дал ей пространства – это не то, в чем она нуждалась – и прижал одну ногу между ее. Из-за разницы в росте, она практически оседлала мое бедро.

Я наблюдал как ее зрачки расширились, ее рот открылся. Боже, она сейчас не думала. Если и была женщина, которой нужно было перестать думать, то это она. Ей нужен был кто-то, кто бы за ней присмотрел, позаботился о ней. Начиная с данного момента.

«Ты моя, Сара, и я тебя не брошу».

«Мне придется отдаться тебе и тогда ты исцелишься? Ты не умрешь? - она оглядела меня очень жарким взглядом и я позволил ей смотреть, позволил ей увидеть желание в моих глазах, почувствовать жар своего тела. - Ладно. Я отдамся тебе один раз, секс на одну ночь, а потом каждый может пойти своей дорогой. Прошло много времени и я уверена ты... возможно... интересный любовник».

И хотя я нашел ее предложение привлекательным, я помотал головой, так как она все еще не понимала: «Нет никаких *каждый своей дорогой*. Мы пары на всю жизнь. И, возвращаясь к брачной лихорадке, она не проходит за один раз. Нам придется трахаться снова и снова, - я наклонился ближе, вдавливаясь в ее щеку своим носом, вдыхая ее сладкий запах, - пока лихорадка не утихнет, пока она не пройдёт».

Она подняла обе руки к моей груди и я схватил ее за запястья, прижимая их над ее головой, пока сам продолжал исследовать ее шею, затем зарылся носом за ее ухо, чтобы вдохнуть запах ее волос. Ее дыхание стало прерывистым, когда она прошептала в мое ухо: «А если я не стану отдаваться тебе снова и снова пока лихорадка не утихнет?»

«Я умру».

«Ты хочешь, чтобы я была твоей парой и тогда ты не умрешь?» - спросила она. Я поднял голову и и посмотрел в ее глаза. Мое уважение к ней выросло, когда она выдержала мой взгляд, не отвела свой. Это было хорошим знаком того, что ее неприязнь ко мне ослабла. Когда она облизала губы, я знал, что она моя.

«Если ты отвергнешь меня, Сара, я покину этот корабль достойно. Если ты отвергнешь меня, я умру, - я согнул колено и оторвал ее от пола, она теперь была верхом на моей ноге, ее клитор и киска терлись о мое бедро через униформу. – Но смерть для меня ничего не значит. Я сражался с Ульем десять лет, женщина. Я не боюсь умереть».

Она немного покачала головой, будто пытаясь рассеять дымку похоти: «Я не понимаю почему ты здесь. Разве ты не можешь найти женщину на Атлане, которой действительно нужна пара?» – с ее руками над головой и ее горячей киской на моем бедре, она была передо мной как на блюдечке, но я не возьму ее, пока нет.

«*Ты* моя пара. Я хочу *тебя*. Я хочу тебя, потому что ты для меня *единственная*. Я чувствую это. Впервые как я тебя увидел, я хотел перебросить тебя через плечо и унести».

«Потому что женщина не может драться», – препиралась она.

«Очевидно, женщина *может* драться. Я просто думаю, что им не *следует*. Но дело не в этом. Я хотел унести тебя, потому что хотел прижать тебя к ближайшей стене и трахнуть тебя. Что-то вроде этого, – я подтолкнул ее киску своим бедром. – И предпочтительно без одежды или наблюдателей из твоей команды».

Ее рот открылся, а глаза округлились. Ее грудь трепетала, пока она боролась со страстным желанием своего тела, ее потребностью во мне, боролась с зовом между совпавшими парами.

«Не отрицай своего желания».

Она вздрогнула, смотря на мою грудь, на пол. Куда угодно, но не на меня: «Я даже тебя не знаю».

«Твое *тело* знает меня. Как и твоя душа. В свое время твое сердце и разум поймут это. В этом и особенность пар. Наша связь, она интуитивная. Она такая глубокая, такая крепкая, что не подвергается логике. В этом нет никаких сомнений, так как мы *знаем*, что предназначены друг для друга».

Она помотала головой, ее глаза закрылись, когда я напряг мышцы бедра, массажируя ее лоно своим жаром и силой.

«Ты отрицаешь... связь?» – спросил я.

Она покачала головой, ее волосы терлись о стену: «Ты знаешь, что я не могу».

«Не можешь что?» - спросил я, проводя губами по тонкой линии ее подбородка, по ее уху, пульс на ее шее участился. Я чувствовал ее запах. Пот, но еще что-то мускусное и женственное, что успокаивало и возбуждало зверя внутри.

«Не могу отвергнуть тебя», - мое сердце подпрыгнуло от ее слов, слов, которые я боялся никогда не сорвутся с ее губ.

«О, Сара. Такое признание далось тебе тяжело. Я сохраню его, буду оберегать как и тебя. Не бойся... нашей связи. Хотя мне и нужно тебя трахнуть, чтобы выжить, время есть. Я уважаю твое право выдержать время, по крайней мере сейчас. Я не возьму тебя, пока ты мне не позволишь, пока ты не станешь умолять, чтобы я заполнил тебя своим членом».

Она застонала и я воспользовался преимуществом.

«Но сейчас я хочу поцеловать тебя, Сара. Мне нужно попробовать тебя на вкус».

Она открыла глаза, ярость, и сопротивление пропали из ее взгляда. Мой зверь хотел завыть от подчинения, которое я увидел в ее мягком взгляде. Моя Сара, она так сражалась, чтобы быть суровой, быть воином. Она была сильной, да. Но ей не нужно было быть, не все время. Я был здесь сейчас, чтобы разделить ее бремя, взять на себя ее проблемы. Защитить ее от опасности. Она была моей, чтобы ее трахать, чтобы ее укротить, и моя, чтобы ее защитить... она просто пока что этого не понимает.

# 6

 экс

Я ждал, наше дыхание смешивалось, ее пышные бедра сжимали мои.

Вместо ответа она подняла подбородок и ее губы встретились с моими.

В тот момент, в тот миг, зверь вышел наружу. Он возглавил поцелуй, одна рука запуталась в ее волосах, обхватывая ее голову и наклоняя так, чтобы поцелуй получился глубоким и жестким. Мой язык заполнил ее рот, находя ее и запутался, пробовал, облизывал. Ее вкус только усилил мою потребность и я прижал к ней свое бедро еще сильнее, надеясь, что она им воспользуется, оседлает мою ногу и найдет свое удовольствие. Она не разочаровала меня, извиваясь и отталкиваясь пальцами от пола, чтобы двигаться на мне, пока я целовал и целовал ее.

Ее нижняя губа была роскошной и до неприличия прекрасной, как я и подозревал. Ее тело было мягким, даже под броней, и идеально подходило под мое. Мой зверь разбушевался, желая большего, не желая останавливаться только на этом диком поцелуе. Хотя мое тело и жаждало большего, сейчас было не место и не время, и я сдержал зверя. Поднимая голову, я увидел закрытые глаза Сары, горящие щеки, распухшие, красные губы. Рык прогремел в моей груди и ее глаза открылись, затуманенные желанием.

«Я хочу тебя. Я хочу похоронить свой член глубоко в твоей мокрой киске и трахать тебя, пока ты не сможешь ходить. Я хочу слышать свое имя на твоих губах, когда ты будешь высасывать мое семя, – я потянул за ее нижнюю губу зубами, немного острыми из-за зверя, затем успокоил небольшую боль своим языком. – Я хочу попробовать тебя везде, Сара, положить тебя на спину и лизать твою киску, пока ты не закричишь от удовольствия».

Она рассмеялась и я снова захотел ее поцеловать.

«Мы даже не нравимся друг другу».

«Думаю, мы очень даже нравимся друг другу», – я провел большим пальцем по ее щеке, затем шагнул назад. Я не хотел так делать, но она для моего зверя являлась опасным испытанием, которому он не хотел противостоять, даже без ее ионного пистолета, направленного на меня.

«Нам не нравится ситуация, в которой мы находимся, – добавил я. – Ты единственная женщина, которая может уберечь меня от смерти и я могу просто быть тем единственным, кто сможет помочь тебе спасти твоего брата».

Она прикусила свою пухлую нижнюю губу и нахмурилась: «Как? Командир запретил уже нам обоим отправиться за ним».

«Вообще-то, есть решение, - ответил я, игнорируя желание вытянуть эту губу из ее ровных зубов. Я отцепил браслеты от ремня и поднял их вверх. - Парные браслеты. Видишь, на мне мои уже надеты. Их ношение указывает на то, что я предан своей паре - тебе- и только тебе. Никто, кто их видит, не будет сомневаться в моем заявлении». Она посмотрела на золотые браслеты, болтающиеся в моем кулаке, но подняла руку и обхватила метал, в который были закованы мои запястья, это ее движение заставило меня вздрогнуть. Я хотел, чтобы ее рука оказалась на других частях моего тела.

«Какова их цель?»

«Браслеты это вид обязательства, внешний признак нашей пары. Они гарантирует, что мы будем оставаться поблизости, пока не пройдет брачная лихорадка, и тогда мы будем по-настоящему связаны. Парные браслеты Атлана узнаваемы среди Коалиции. Никто не посмеет сомневаться в том, кому ты принадлежишь, больше никогда. Так же как все, кто увидит меня, будут знать, что я твой».

«Ты не можешь их снять?»

Я покачал головой, желая, чтобы она поняла:«Они помечают меня, как твоего, пара, пока не пройдет лихорадка. Потом, потом их можно снять, но мы все равно останемся парой друг для друга. Это *никогда* не изменится. Они указывают на то, что я утвержден. В паре. Занят. Я выбрал женщину. Тебя, - я погремел другой парой браслетов, которые висели у меня в руке. - Эти твои. Стань моей парой и вместе мы все еще можем спасти твоего брата».

Ее рот открылся и я мог практически видеть, как работает ее мозг.

Она скрестила руки на груди, не для вызова, а для своей личной защиты. Она была расстроена и неуверенна, поэтому фактически обнимала сама себя. У нее был когда-то кто-нибудь, кто поддерживал *ее*? Защищал ее? Огораживал от жизненных трудностей? Она была сильной, потому что хотела такой быть, или потому что мужчины в ее жизни бросали ее уязвимой и беззащитной?

«Командир не позволит нам уйти».

«Это правда, пока мы оба остаемся офицерами флота Коалиции. Также правда, пара, что спасательная операция ради одного солдата не мудрое решение. Но если ты наденешь браслеты, это позволит тебе стать невестой, а мне Атланом в паре. Мы оба будем освобождены от всех военных обязательств».

«Только надев браслеты?»

«Если ты их наденешь, то ты берешь на себя обязательства успокоить мою лихорадку. Закончить ее. Запомни, это *брачная* лихорадка, так что ты решаешься стать моей парой».

«Браслеты закончат наш военный контракт?»

Я кивнул: «Мы больше не будем принадлежать флоту, Сара, только друг другу. Правилам и приказам командиров Коалиции больше следовать не придется».

Она посмотрела на браслеты, но не стала к ним прикасаться. Но она слушала, и это все, что мне было сейчас нужно.

«Я клянусь помочь тебе вернуть твоего брата. Клянусь честью, я помогу тебе, неважно выберешь ты принять мои браслеты или нет. Однако, если ты не провозгласишь себя моей невестой и не пойдешь со мной, ты нарушишь прямой приказ Командира Картера. Если нам повезет, мы вызволим твоего брата, но при этом проведем несколько прекрасных лет – в кавычках – в тюремной камере Коалиции».

«Зачем тебе это?» –ее взгляд встретился с моим в поиске правды, – зачем ты предлагаешь мне эти варианты? Зачем тебе рисковать жизнью ради моего брата? Ты даже нас не знаешь».

«Для меня ничего не важно, кроме тебя», – я говорил так страстно, шокированный тем, что говорю правду. Мое желание продолжать сражаться с Ульем пропало сразу же, как я увидел ее. Ничего для меня теперь не было важно, только завоевать ее, сделать моей. Никогда бы не мог представить такое изменение в своих чувствах за этот короткий промежуток времени. Прошло всего несколько часов с тех пор, как я сказал, что мне не нужна пара. Теперь, теперь я ни за что бы не захотел остаться без нее. Я не опустил браслеты, а держал их прямо, чтобы она могла их видеть.

«Я... Я не такая, как женщины с твоей Планеты, так? Как ты можешь меня хотеть?»

«Нет, – подтвердил я. – Женщины Атлана нежные, Сара. Они воспитанные и заботливые. Они не сражаются. У них нет твоего огня».

«Это то, что тебе нужно? Половая тряпка?»

Я нахмурился: «Я не знаю что такое половая тряпка».

«Женщина, которая никогда не спорит, которая исполняет малейшую прихоть, которую ты пожелаешь. Кроткая женщина».

Женщины Атлана *были* кроткими. Не потому что были вынуждены, а потому что их так воспитывали. Они были счастливы быть такими, уверенные в своих парах, которые о них позаботятся. Но Сара? Она определенно не Атланская женщина, и я сомневаюсь, что она когда-либо станет кроткой.

Я усмехнулся: «Ты? Кроткая? Я знаю тебя всего пару часов, и уже наверняка уверен, что ты какая угодно, но не такая».

Она поджала губы и ее щеки покрылись пятнами.

«Я никогда и не говорил, что хочу смиренную Атланскую женщину».

Она ничего не сказала, но смотрела на меня с очевидным сомнением.

«Я не лгу, Сара. Если ты не веришь мне, ты можешь довериться протоколу совпадения. *Он* не может лгать. Если бы я действительно хотел Атланскую женщину, у меня было бы совпадение с ней. Я хочу *тебя*. Я хочу, чтобы твое пламя сжигало меня изнутри».

Поцелуя было недостаточно. Он дал только намек на то, что может быть между нами. Горячий, взрывоопасный, страстный. Я хотел почувствовать эту женщину под собой. Я хотел ощутить как ее ярость, раздражение, напряжение превращается в страсть. Чтобы эта страсть была направлена на меня. Нет никаких сомнений в том, что она горячая штучка, и будет пылким, агрессивным партнером в постели. Я использую это пламя, чтобы доставить ей удовольствие. Это будет не нежное утверждение. Оно будет грубым и диким, и мне придется каждый момент бороться за превосходство над ней, но эта битва сделает ее подчинение таким сладким на вкус. Она борется сама с собой, пытается сопротивляться тому, что ей нужно. Это точно. И не потому что я подавлю ее, но потому что я буду проверять ее пределы, наслаждаться, заставляя ее изгибаться, и находить ее самые потайные желания.

Сейчас я поднажал, наклоняясь вперед и снова захватывая ее рот, просто удостоверяясь, что она знает насколько сильно я ее хотел. Я ослабил хватку и завел свои руки ей за спину, поднимая ее тело выше на мое бедро, пока мы не прижались к друг другу и ее живот не уперся в мою каменную эрекцию. Ее руки опустились мне на бицепсы, и она поцеловала меня в ответ, не оттолкнув.

Прозвучал стук в дверь и я отстранился, не готовый потерять интимный контакт с моей парой. Я притянул ее к себе, ее маленькое тело теперь в безопасности в моих руках. Я старался быть нежным, несмотря на то, что зверь бушевал во мне, стремясь бросить ее на пол, разорвать ее броню и взять то, что по праву мое.

«Скажи да, Сара. Будь моей».

«Ты даешь слово, что поможешь мне найти брата, если я скажу да?» - она щелкнула пальцем по одному из браслетов, и они качнулись у меня в кулаке.

«Я не лгу. Я *никогда* не совру своей паре. Так как ты не знаешь этого, или меня, я даю тебе свое слово, - я положил правую ладонь на сердце, браслеты теперь висели между нами. - Я помогу тебе, и неважно примешь ты меня или нет».

Она смотрела на меня, пытаясь найти обман. Но такового не было, так как я помогу ей, независимо от ее выбора. Если она меня отвергнет, я просто пойду за ее братом в одиночку и спасу ее от тюрьмы. Я погибну очень скоро. Зверь внутри был достаточно близок к высвобождению. Без пары, меня приговорят к казни, но я не стану вынуждать ее решиться. Если я умру, я найду вечный покой на своих условиях, я уйду достойно.

Если она скажет да, если она наденет мои браслеты на свои запястья, у меня не будет выбора, я пойду с ней искать ее брата, не из-за того, что я дал ей свое слово, а потому что как только она застегнет браслеты на запястьях, мы не сможем отойти друг от друга, пока не станем связаны по-настоящему.

Хуже, если я предам ее доверие, она никогда не позволит мне трахнуть ее, создать с ней связь. Без этого я погибну.

То есть у нее вся сила. У нас двоих дилемма. Мы оба нуждались друг в друге. У каждого из нас была цена, которую мы были бы готовы заплатить. Я подвергну свою пару опасности, если помогу ей в поисках брата. Она станет моей парой. Навсегда. Учитывая поцелуй, это не будет страданием.

«Хорошо. Я готова».

Я застонал, низко и глубоко. Эти слова с ее губ утешили моего зверя так, как даже не смог поцелуй. Он бушевал и пытался вырваться на свободу, но услышав ее согласие быть моей парой, он успокоился. Это успокоило и меня. Полностью.

Я пошел к двери и открыл ее для командира. Я знал, что он не ушел слишком далеко. Я был не только бывшим воином, по своей воле транспортировавшимся на битву и разорвавшим Улей на куски, но я также был Атланом, который желал утвердить одного из его главных офицеров.

Он вошел и посмотрел на нас.

«Вы не можете принять план военачальника», – сказал он. Он был проницательным человеком, точно знающим, что я ей предложил и чего ему это будет стоить.

«Я уже это сделала».

«Капитан, я вынужден поставить мудрость вашего решения под вопрос, – ответил командир. – Будьте логичны. Используйте свой аналитический ум, Сара. Ваш брат мертв. Не делайте такой жертвы, когда нет даже надежды на то, что можно вернуть Сэта к жизни».

«Сэт все еще жив. Я чувствую. Я дала слово своему отцу. И не могу потерять и его тоже. Он все, что у меня осталось. Простите, Командир Картер, но я должна найти его».

Последнее предложение словно мантра слетело с ее губ. Она сорвала броню с плеч и бросила к ногам. Хватая браслеты, она задрала рубашку, обнажая предплечья. Открыв один за другим, она натянула их на запястья. Они автоматически замкнулись и надежно перехватили нежную кожу ее запястий.

Вглядываясь в меня, она подняла подбородок, затем повернулась к командиру. «Теперь что?»

Командир вздохнул: «Капитан Миллс, вы надели парные браслеты Атланского мужчины, поэтому с этой минуты, вы будете переведены в Программу Межгалактических Невест. Вы освобождаетесь от командования. Вы больше не член флота Коалиции. Сдайте свое оружие».

С легкостью она отстегнула ионный пистолет с бедра и отдала его Приллонцу. Создавалось впечатление, что она не сомневается в своем решении. По факту, это окончательно укрепило ее решительность.

Командир Картер повернулся ко мне: «Что ж, полагаю, вы получили то, зачем пришли, – он провел рукой по волосам с громким вздохом. – Свяжитесь с Сильвой на гражданском корабле. Она выпишет вам временные апартаменты».

Сара уперлась руками в бедра: «Мы не останемся. Мы транспортируется сейчас же!»

Командир покачал головой: «Боюсь, это невозможно».

«Что? Я вам обещаю, как только мы перенесемся туда, куда Улей забрал Сэта, мы больше не будем вас беспокоить».

«Никакой транспортировки до полудня завтра, это самая ранняя».

Когда ее рот открылся от шока, он добавил: «Магнитное поле обломков перемещается. Это слишком опасно. Весь сектор закрыт. Никаких транспортировок, или полетов».

«Нет!»

Не будет транспортировок, сражений, движения почти шестнадцать часов. Обычно каждый в боевой группе радовался этим штормам, предоставляющим возможность отдохнуть и вынужденно расслабиться. Взгляд Сары направился на меня и я мог его легко прочесть. Она беспокоилась за своего брата, о том, что у Улья больше времени теперь, чтобы его пытать и трнасформировать. Но также ей было интересно, что я собираюсь от нее потребовать за ближайшие шестнадцать часов, пока мы ждем.

Если я не могу привести ее к брату, я могу обеспечить достойное развлечение. Возможно хорошая ночка жесткого секса прояснит наши головы.

# 7

## C*ара*

Я взяла свои нарукавники с пола, повернулась на пятках и покинула кабинет командира, а моя новая *пара* проследовала за мной.

Итак, я стала парой Атланского военачальника, который целуется как бог? Да неважно. Как только я оказалась вне бюро, я дернула за браслеты, стараясь их снять. Я может и пара Дэкса, я могу делать все и даже трахаться о его ляжку, но у меня нет никакой необходимости носить эти чертовы штуки. Я надела их только для того, чтобы показать Командиру Картеру, и не то чтобы я не держала свое слово. Я сдержу. Как только Дэкс поможет мне вернуть моего брата, я попытаюсь быть хорошей маленькой женой. Основываясь на том, как он целуется, секс на одну ночь будет чертовски горяч. А пока? Мне не нужны эти... я тянула и тянула... видимые знаки того, что я была связана с военачальником. Была его собственностью. *Принадлежала* ему. Моего слова было более чем достаточно.

Я попыталась приоткрыть их. Ничего. Дерьмо. Они были тугими, но по крайней мере я могла просунуть под них пальцы. Тем не менее, я ничего не могла сделать. Где там была застежка?

Я поприветствовала кивком головы двух воинов, проходящих по коридору. Возможно, это было последнее приветствие, которое я получила, так как больше не являлась частью флота Коалиции. Я прослужила два месяца, не два года. По крайней мере, я не была мертва. Хотя, возможно, что быть его парой... окажется даже хуже.

Он был дерзким и смелым, и эта порочная ухмылка только указывала на дерзость, которая сводила меня с ума. Каким-то образом, он мог просто дышать, и это злило меня. И возбуждало. Что в нем такого было? Что было в его поцелуе, который сносил мне крышу? И *возбуждал*. Боже, он *был* сексом на палочке. Ему как-то удалось заставить меня *хотеть*, чтобы он ко мне прикоснулся. Он рассказал мне, что хотел со мной делать, на уровне дикаря, плотские ласки, и я благодарна, что он поведал мне это с глазу на глаз, так как я растаяла от этих слов.

И не только, я поцеловала его как женщина, которая жаждала его знаков внимания. Во-первых, я поцеловала его в ответ, потому что какого черта? Почему бы не попробовать то, что он предлагал? Когда его губы встретились с моими, это было больше как, *больше. Дай мне больше.* Его твердое бедро надавило между моих ног и подняло меня так, что он идеально прижался ко мне. Моя киска изнывала от желания быть заполненной и мой набухший клитор терся об него. И пока его язык находился у меня во рту, а я трахала его ногу, я находилась на пути к оргазму. Бесстыжая. Он даже зарычал, когда я намокла, как будто он мог чувствовать запах или что-то в этом роде.

Ни один мужчина не заставлял меня чувствовать такого раньше. Он пригвоздил меня к стене и я оказалась полностью в его власти. Мне никогда не нравилось быть в *чьей-то* власти, но с Дэксом, с его поцелуем, и его прикосновениями, его словами и его… Боже, ощущение твердого члена возле низа моего живота, там где бронежилет не прикрывал… я хотела его.

Но мое решение стать его парой, не было принято в сексуальном тумане. Я согласилась на сделку с ним, потому что хотела найти Сэта. Он поможет мне сделать это, и мне не придется гнить в тюрьме остаток своей жизни. С Дэксом, его храбростью, его силой, я понимала, что он лучший шанс для меня вернуть брата.

Я сделала глубокий вдох, затем уставилась на коридор, который вел к лифту корабля. Дэкс все еще находился в комнате командира, и я понятия не имела почему. В конце концов он последовал за мной, потому что у нас был уговор. Он сказал, что умрет без меня, что означало, что у его рода действительно серьезные проблемы. Черт, я прожила без мужа двадцать семь лет и прекрасно без этого обходилась.

Конечно, моя вагина фактически покрылась пылью от бездействия, но кому нужен мужчина и вся эта драма, когда в свободном доступе находился мощный вибратор?

Вибратор никогда не выбешивал меня. Хотя у вибратора и не было больших рук, мускулистого тела или очень властных манер. И он не целовался так, чтобы не задумываться, что будет завтра.

Окей, ладно. Дэкс лучше, чем вибратор. Пока что. Без сомнений я не отказалась бы от старого надежного и бесшумного дилдо в первый раз, когда я отказалась вести себя как слабая, молчаливая тихоня.

«А! - вскрикнула я, внезапно почувствовав колющую боль в запястьях, которая шла из-за излучения браслетов, - черт!».

Я остановилась и потерла браслет ладонью. Боль не уменьшилась, но пошла по моим рукам. Как будто меня било током, а я не могла отдернуть руку от оголенного провода. Я не была бы удивлена, если б мои волосы стали опаляться. Какого черта военачальник со мной сделал?

Медовый месяц окончен, я развернулась на пятках и побежала обратно по коридору. Прямо перед тем, как я добралась в зону действия сенсорных датчиков двери командира, боль утихла, но острые покалывания остались. Я потрясла руками, разгоняя кровь. Может в браслетах отошел провод, неисправное подключение или еще что? Я сделала глубокий вдох, боль полностью исчезла. Я снова развернулась и пошла вдоль по коридору. Я отошла так же далеко, как и в прошлый раз и боль вернулась. На этот раз я знала, чего ожидать и зашипела от ярости, а не боли.

Придурок. Какого черта он вытворял? Это был пульт? Он наблюдал за мной сейчас и смеялся надо мной?

Я промаршировала обратно к двери, на этот раз не останавливаясь и не дожидаясь, пока она передо мной откроется. Прямо там, где я их оставила, стояли двое мужчин. Командир окинул меня взглядом, а у военачальника красовалась на лице самодовольная ухмылка.

«Ты вернулась», – прорычал Дэкс.

Я подняла руки: «Да, кажется браслеты, которые ты мне дал, неисправны!»

«М?»

«Будто ты не знал», – пробурчала я.

Командир усмехнулся, шлепнул меня по спине на выходе из комнаты: «Это хорошо, что эта маленькая любовная ссора больше не моя ответственность», – сказал он, выбешивая меня даже больше, чем Дэкс.

Я поджала губы и вылетела из комнаты, но на этот раз удостоверившись, что Дэкс идет прямо за мной.

В коридоре мы были одни. Только легкий шум систем корабля был слышен, когда я повернулась к нему, готовая драться.

Дэкс протянул руки и заговорил до того, как я начала на него орать: «Я ничего не делал с твоими браслетами, – сказал он мне. – Они функционируют правильно».

«Да это как шоковая терапия! Они работают ненормально!» – я снова потянула за них.

«Несвязанные пары на Атлане, которые носят браслеты, должны оставаться друг от друга в радиусе Сэтни шагов, в противном случае их браслеты причиняют... боль, которая указывает на то, что надо вернуться ближе».

«Ближе?» – закричала я, зная, что слетаю с катушек, но перспектива быть на поводке, как собака, выводила меня из себя.

«Ты всегда кричишь?» – ответил он.

«А ты всегда причиняешь боль своей паре?»

Его выражение лица, манера его поведения изменились от моего вопроса и он оттеснял меня, пока моя спина снова не оказалась прижата к стене. Я ничего не могла поделать, я уставилась на его губы, спрашивая себя, поцелует ли он меня снова. «Сара Миллс с Земли, ты *единственная* моя пара. Последняя вещь, которую я хочу сделать, это причинить тебе боль каким-то образом. Моя работа защищать тебя, моя привилегия доставлять тебе только удовольствие».

Я покраснела от томительного ощущения его губ на своих, того как его бедро заставит мой клитор трепетать и набухать, но отмахнулась от него.

«Но от этих... штук, – я махнула руками в воздухе, – больно!»

«Ты не думаешь, что они также причиняют боль и мне?»

Я посмотрела на его запястья, на золотые браслеты на них: «Твои тоже?»

Он кивнул, темный завиток упал на его лоб: «Мы пара, и все, что причиняет боль тебе, причиняет боль и мне. Что доставляет тебе удовольствие, доставляет мне. Ты не можешь отойти от меня дальше, чем на сто шагов без боли, но это ограничение действует на нас двоих. Я также не могу далеко отходить от тебя, пока не закончится лихорадка».

Это означало трахаться. Много много дикого грязного секса.

Я окинула его взглядом: «Кажется ты в порядке сейчас».

«Лихорадка приходит внезапно. Как в битве, уверяю тебя, ты узнаешь, когда она снова захватит меня».

«Если эти браслеты причиняют такую боль, почему ты тогда не пошел за мной?»

«Потому что несмотря на то, что ты можешь быть во главе своего отряда, я во главе нашей пары, а наша задача освободить твоего брата».

Я отпихнула его и стала расхаживать по коридору: «*Вот* поэтому я и не хотела пару. *Вот* почему я не хотела соглашаться становиться парой. Мужчины и их правила. Вы все абсолютно иррациональны».

«Ты в космосы всего два месяца. А я командую войсками Коалиции больше десяти лет. Я знаю Улей лучше, чем ты. Я знаю *больше* о том, что нужно сделать, чтобы вернуть твоего брата. И я Атлан, а ты нет».

Я не повернулась, чтобы посмотреть на него. Я была зла и определено выведена из себя. Я не могла уйти дальше, чем на Сэтню шагов от этого парня, не испытав ужасную боль. Почему он не упомянул об этом *до того*, как я согласилась надеть эти браслеты?

«Как только мы найдем твоего брата, мы поселимся на Атлане. Я покажу тебе свой мир. Существует еще много впечатлений, которыми ты можешь насладиться. Я бы предпочел, чтобы мы оба выжили и испытали их».

«Так ты хочешь, чтобы я тебя слушалась пока я... новичок в жизни в космосе».

«Отчасти, но я Атланский мужчина и я здесь главный. Если этого недостаточно, чтобы усмирить твою гордость, чтобы заставить тебя перестать сопротивляться, я также твой вышестоящий начальник».

«Больше нет. Я теперь гражданский человек, помнишь?» – я поджала губы. Поддаваться? Боже, у меня действительно тут проблемы, потому что я не поддавалась *никому*.

«Мужчина главный, Сара. Это наш обычай и образ жизни на Атлане».

«Да, ты рассказал мне какие на Атлане женщины».

«Да, но ты *хочешь*, чтобы я все контролировал. Ты хочешь, чтобы я руководил».

Он поднес свою руку к моей щеке и наклонил мое лицо так, чтобы посмотрела на него, прямо, ему в глаза: «Тебе не нужно сражаться, Сара. Больше нет. Теперь я здесь. Я позабочусь о тебе, как ты по-настоящему этого желаешь».

Мои глаза округлились в недоумении: «Мне не *нужен* мужчина, чтобы заботиться обо мне, и я определенно такого не *хочу*!» – возразила я.

«Хочешь, иначе у нас бы не произошло совпадения».

«Разве я выгляжу как женщина, которое хочет, чтобы ей постоянно управляли?»

Он приподнял голову, чтобы изучить меня.

«Нет, но тебе понравилось, когда я поцеловал тебя. У тебя тогда не было контроля».

Я вздрогнула, потому что не могла отрицать свою реакцию на тот поцелуй, во всяком случае не пыталась. Он был прав. Мне понравилось, когда он прижал меня к стене и взял то, что хотел. Какая женщина не захочет, чтобы ее прижали к стене и трахнули? Какая женщина не захочет властного мужчину в спальне? В чем веселье все время тягать мальчика за яйца? Никакого. Но это не означало, что я хотела, чтобы он был надо мной боссом. У меня их было предостаточно в моей жизни. Командир Картер являлся самым последним в длинной цепочке командующих офицеров и занозой в моей заднице.

И я не хотела быть законно связанной с одним из таких!

Что до поцелуя, вынуждена признаться, я хотела повторить его еще раз, и не останавливаться, пока мы оба не будем голыми и выбившимися из сил. Не потому что он хотел быть главным во всем, а потому что я была просто человеком и немного девочкой, которая страстно желала настоящий член.

«Так что происходит сейчас? - похлопала по металлической стене за моей спиной, неспособная сопротивляться тому, чтобы спровоцировать зверя. - Мы сделаем это прямо здесь и я смогу вылечить твою брачную лихорадку?»

Он прищурился и его челюсти сжались: «Хотя мне и нравится идея трахнуть тебя возле стены, я не возьму тебя без твоего желания или на людях».

«Почему нет?» - я испытала облегчение от его слов, но не смогла удержаться, отступив и подняв руки над головой. Я прижалась спиной к стене и уставилась на него с явным вызовом во взгляде. Потребность проверить его власть захватила меня как демон. Я хотела знать насколько далеко я могу его подтолкнуть, с каким типом мужчины я имела дело.

Он шагнул ко мне, теперь только маленькая полоска воздуха разделяла нас. Его запах вторгся в мой мозг и я захотела утонуть в нем, он пах слишком хорошо, как горький шоколад и кедр, которые я любила больше всего. Я облизала губы, сморя на него, подзадоривая его сделать что-то безумное, чтобы подорвать мое доверие.

Его голос перешел на шепот: «Потому что ты моя, никто не увидит тебя голой, кроме меня. Никто не услышит твоих криков удовольствия, когда я возьму тебя. Твоя кожа моя. Твое дыхание мое. Твоя горячая, мокрая киска моя. Хныкающие мольбы, которые я заставлю вырываться из твоего горла, мои. Я не поделюсь ни с кем».

Я не могла дышать, утопая в нем и в эротическом обещании от его слов.

«Но знай вот что, пара, если ты продолжишь бросать мне вызов, соблазнять меня тебя опозорить, я стяну эту броню с твоего нежного тела и перекину через колено. И если ты соврешь мне. Или ты будешь уважать меня, Сара Миллс, или твоя задница станет ярко красной до того, как я заполню тебя своим членом».

Какого черта? Я пыталась осмыслить все, пока он склонил голову и изучал меня. Мой пульс стучал в ушах будто барабанный бой, пока я пыталась оправиться от его мрачных заявлений, от всех них, как внезапно мысль о его жесткой ладони на моей заднице, заставила меня заерзать, но не от ярости. Черт его побери, он заметил.

«Тебя возбуждает мысль быть отшлепанной?»

«Что? Нет! - ответила я, его слова как ушат холодной воды, вылитой мне на голову. - Ты не посмеешь даже думать об этом, Дэкс с Атлана».

Тогда он ухмыльнулся и так он выглядел даже привлекательнее чем обычно, у меня сперло дыхание.

«Ты хочешь меня, женщина. Ты хочешь, чтобы мой большой член вошел в тебя. Ты хочешь, чтобы я трогал тебя везде, утвердил тебя, пометил тебя как свою. Прими это».

«Нет. Я не хочу пару, Дэкс. Я хочу спасти жизнь Сэту», - я покачала головой, но мое сердце стучало так громко, что я была уверена, что он его слышит, даже через бронежилет. Я не хотела, чтобы его слова были правдой, но они были ей. Да черт побери, я хотела этого.

Я хотела всего этого. Но не до того момента, пока мой брат не будет в целости и сохранности.

«Я помогу тебе освободить брата. Я дал тебе слово, - он наклонился, не оставляя мне воздуха. - Ты хочешь, чтобы я заботился о тебе и защитил тебя тоже».

«Нет, не хочу. Я позабочусь о себе сама».

«Больше нет».

«Это бред, Дэкс, - я толкнула его в грудь. - Нам нужно идти. Мы должны спланировать спасательную операцию».

«Ты самая сложная женщина, которую я встречал».

Я ткнула ему пальцем в грудь: «Ты самый упрямый, шовинистский, высокомерный…»

Темно серый витиеватый орнамент, который украшал золотые браслеты, поддразнивал меня, когда я тыкнула в него. Это был признак права собственности, как ошейник на собаке. Обхватив рукой свое запястье, я потянула за глупый браслет: «Сними с меня эти штуки. Я передумала!»

Я услышала, как из его груди вырвался рык. Он схватил меня за запястье и потянул по коридору. Он что-то искал. Когда он нажал кнопку входа, случайная дверь открылась и он втолкнул меня внутрь. Сенсор движения в комнате включил свет и я увидела, что мы в узой комнате, наполненной электрическими панелями. Я понятия не имела, для чего они предназначены, но одна стена была покрыта кабелями и мигающими лампочками. Пол и остальные стены были голубого цвета, указывая на то, что эта комната обслуживалась техникой.

«Какого черта, Дэкс?» - сказала я, за чем последовала длинная цепочка матерных слов.

«Положи ладони на стену», – он посмотрел через плечо и нажал кнопку закрытия двери, запирая замок.

Мой рот открылся. Хотя предположение было достаточно горячим, по крайней мере в связи с извращенными мыслями, к которым привел его приказ, сейчас я была вне себя.

«Я не знаю, что по-твоему, ты делаешь, но я не собираюсь трахаться в кладовке!»

«Кто сказал что-то о сексе?» – ответил он спокойно.

«Тогда что ты делаешь?»

«Я собираюсь отшлепать тебя, конечно же».

Я прижалась спиной к стене напротив электрических панелей, ладони на холодном металле.

«Что?!»

Он был действительно не в своем уме.

«Тебе это нужно», – Дэкс сделал шаг ко мне. Черт возьми, он был таким большим, а эта комната так чертовски мала.

«Мне нужно что? Порка? – я рассмеялась. – Да, точно!»

«Ты соврала мне, несколько раз. Я предупреждал тебя, пара. Ты теперь моя, и я сделаю все, что нужно, чтобы удостовериться, что ты это понимаешь».

«Ты сумасшедший. Все Атланские мужчины такие сложные, или только ты такой?»

«Ты все еще врешь мне, и себе. В свое время, пара, ты придешь ко мне и скажешь, когда ты напугана, когда тебе нужно, чтобы я тебя утешил, успокоил твою панику. До тех пор, это моя работа, знать, когда тебе нужна жесткая ладонь».

«На моей заднице? Не думаю!»

«Ты не признаешь, что напугана, что все, что сегодня

случилось, слишком подавляет. Ты сильная. Я знаю это. Но я сильнее. Ты можешь доверить мне свою заботу о тебе, Сара. Ты нападаешь вместо того, чтобы признать правду. Ты вынуждаешь меня обуздать твое неуважение, твои оскорбления моего характера и моей чести. Я только могу предположить, что ты нуждаешься в том, чтобы я взял все в свои руки, но не знаешь, как меня об этом попросить. Таким образом, я не буду ждать твоего признания, Сара, я просто дам тебе то, в чем ты нуждаешься.

Его обещание заставило екнуть мой желудок. Он был таким большим, даже огромным. Он был пришельцем, Атланским военачальником во главе Сэтен солдат, тысяч. И настолько же сильно, насколько я пыталась сохранить храброе лицо, я *была* напугана. Мой брат был скорее всего мертв, как и сказал командир, или на пути стать одним из Улья. Я не могла подвести его. Теперь я была парой Дэкса и не была *обычной*, кроткой Атланской женщиной. Конечно, я бы тоже подвела его. Как только бы он осознал, что я не та, которую он хотел, он сорвал браслеты со своих запястий и выставил меня за дверь. Я направлюсь домой одна, разбитая. Потерянная. Без семьи.

Я почувствовала как первая слеза прожгла дорожку на моей щеке и потрясла головой в отказе, отворачиваясь от Дэкса, чтобы он стал свидетелем моей слабости, чтобы не понял, что он прав. Мне он нужен был, чтобы взять все в свои руки. Давление уничтожало меня, душило, и мысль о том, чтобы все отпустить, подчиниться... кому-то, была как успокоительное для моего организма. Мой разум кричал, что это неправильно, но мое сердце стучало от страха и желания, война внутри меня угрожала разорвать меня напополам.

«Положи свои ладони на стену, Сара...»

Я только покачала головой. Хотя я жаждала этого, это не означало, что я позволю ему узнать об этом. Я должна оставаться сильной. Я могла слышать голос своего отца в голове, требующего, чтобы я никогда не плакала, никогда не показывала страх или боль. *Ты должна быть жесткой, Сара, мир не приемлет слабости.*

Дэкс подошел ближе, легко обхватил мою талию рукой и крутанул меня. У меня не осталось выбора, кроме как упереться руками в стену, боясь упасть. Он дернул меня за бедра и оттянул их, так что теперь я согнулась. Я начала подниматься, но большая ладонь легла на мою задницу.

«Дэкс!» - закричала я, ошеломленная неожиданным ожогом от его ладони на своей заднице.

«Оставь свои руки там, где они есть. Задницу назад».

«Я не позволю тебе...»

*Шлепок!*

«Ты не не позволяешь мне делать что-то. Я выпорю тебя так, как тебе необходимо, и у тебя нет выбора».

Его руки протянулись к переду моих штанов и расстегнули их, затем стянули их вниз вместе с трусиками по бедрам, и оставили их примерно на уровне ляжек. Я чувствовала холодный воздух на своей голой заднице и знала, что выставлена для него.

«Дэкс!» - я снова закричала, чувствую себя более уязвимой, чем когда-либо.

Он не оставил меня так надолго, а начал шлепать, отбивая сначала одну сторону моей задницы, затем другую, не ударяя в одно место дважды. Удары были не слишком сильными, и я могла только представлять каким сильными по-настоящему они могут быть, если бы он того пожелал. Это не значило, что мне не было больно, и что моя кожа не горела как при пожаре.

«Я здесь ради тебя. Я не оставлю тебя. Я найду твоего брата. Я позабочусь о тебе. Я знаю, что тебе нужно. Ты мне не соврешь. Ты не будешь говорить со мной неуважительным тоном. Ты не будешь отрицать потребности своего тела или наше совпадение снова», – он наносил удары снова и снова, пока слезы катились по моему лицу как поток реки из-за боли, которая, я чувствовала, будто копилась годами, каждый хлопок его ладони как эмоциональная граната, когда мой контроль сломался.

Я сжала пальцы на стене, но от этого не было проку: «Дэкс!» - я закричала снова, но сейчас мой голос был наполнен надрывом, а не злостью.

«Никто не зайдет в эту комнату. Никто нас не увидит. Никто не подумает, что ты слабая. Перестань отрицать то, что тебе необходимо. Перестань скрываться от меня. Отпусти все».

Тогда я затрясла головой: «Нет!»

Его рука ненадолго остановилась, лаская мою горящую плоть: «Ох, Сара Миллс, повтори эти слова: мне не всегда нужно быть сильной».

После минуты, как его рука терпеливо ласкала мою пылающую кожу, я наконец прошептала: «Мне не всегда нужно быть сильной».

«Хорошая девочка, – он снова шлепнул меня и я испугалась. – Я буду честной с моей парой и собой».

Я повторила его слова.

«Я могу доверять тому, что моя пара позаботиться обо мне».

Я сказала эти слова и порка, в моем мозгу, превратилась во что-то другое. Он не шлепал меня, потому что наказывал, он делал это, потому что распознал во мне что-то, о существовании чего я не подозревала. Я понятия не имела как или почему мне нужна была порка, но просто зная это, что меня загнули и Дэкс не оставил мне выбора, что он заставлял меня забыть обо всем, от этого полегчало. Жалящие хлопки имели великолепную способность отключить мой мозг и я смогла поверить, что он присмотрит за мной. Никто не причинит мне вреда, пока он это делал. Никто не увидит мою задницу голой и возможно становящейся красной. Никто не увидит слез на моих щеках. Никто не увидит меня, кроме Дэкса.

Он не смеялся надо мной. Он не думал, что я слабая. Он давал мне минуту, когда ничто не могло навредить мне и я могла просто забыться. Он помогал мне освободиться от накопившегося стресса и эмоций, которые, я даже не знала, что душили меня. Сожаление. Страх. Ярость. Все они были там, крутясь как вихрь в моей груди, изливаясь из меня в форме слез, струящихся по моим щекам, пока я была опустошенной, но спокойной, как море после шторма.

«Я принадлежу Дэксу, а он принадлежит мне», – добавил Дэкс.

Я повторила его слова, слишком уставшая, чтобы бороться с его или желанием моего тела. Но следующие его слова изменили настроение в комнате из спокойного в возбужденное в мгновение ока.

«Дэкс мой. Его член мой».

Я почти застонала от темной интонации его слов, мои мысли погрузились в изображения того, как он трахает меня сзади, прямо здесь, прямо сейчас, в этой дурацкой маленькой кладовке. Я повторила его слова и порка прекратилась. Я подумала, что он закончил, но он положил руку на мою горящую плоть, затем скользнул мне между ног, по моим складкам, исследуя тот жар, который, я знала, он там найдет. Он зарычал, когда его пальцы столкнулись с мокрым приветствием.

«Моя киска принадлежит Дэксу».

У меня перехватило дыхание, когда он скользнул двумя пальцами в меня, затем повторила его слова. Он облокотился на мою спину, и его массивный торс прижался ко мне.

«Ты течешь, пара. Я могу трахнуть тебя сейчас. Прямо сейчас».

Его пальцы скользили туда и обратно в моем пустом лоне и я выгнула спину. Все его развратные слова подготовили меня для него. Тот поцелуй, его руки на мне, даже порка, заставили меня желать его. Я знала, что он позаботится обо мне, что в данный момент, мне не нужно думать ни о чем, кроме его пальцев во мне.

«Ты была хорошей девочкой и приняла порку очень хорошо. Теперь можешь кончить».

Я стонала, всхлипывая, пока он трахал меня своими пальцами, используя два, чтобы меня растягивать и один, чтобы массировать мой клитор. Когда мои слезы высохли, мой разум блаженно пустовал впервые за несколько месяцев, мое тело победило, требуя расслабления. Требуя, чтобы Дэкс трахнул меня. Я закричала, когда первый оргазм накрыл меня и прошел насквозь, Дэкс вталкивался пальцами так сильно и глубоко, что мои ступни почти отрывались от пола. Было невозможно оставаться тихой, когда стенки моей киски полностью обхватили его пальцы, требуя еще. Мои потные пальцы соскальзывали по стене и Дэкс свободной рукой обвил мою талию, поднимая меня, спиной к его груди, его пальцы глубоко во мне.

Он не закончил со мной и через несколько секунд он снова подтолкнул меня к краю. Я опять сжалась вокруг его пальцев, кончая. Даже после того, как спазмы от оргазма прошли, он не двигал пальцами, но оставался ими глубоко внутри меня. Удовольствие, жалящая боль, все объединилось, и я снова закричала, слезы, которым я не позволяла появляться годами, сейчас изливались из меня как кислота. Я выпустила все наружу – горечь из-за смерти моих братьев и затем отца, страх, что я потерял Сэта, напряжение от командования, вину за то, что я потеряла своих людей в битве. Я чувствовала, как пожизненная законсервированная боль вырывается из меня.

Он вытащил пальцы из меня и притянул к себе, прижимая. Я не могла вспомнить, когда меня обнимали последний раз, когда меня по-настоящему держали вот так. Конечно, у меня был секс раньше, но он был больше безэмоциональный, скорее горячее освобождение, чем действительно интимная связь. Мой отец держал меня на расстоянии, так как не любил нянькаться. В нашем доме не было эмоций или нежности из-за трех братьев, без мамы. Больше было похоже на существование как в *Повелителе мух*, где выживал сильнейший. Я никогда не жалела о своей жизни или о своих решениях. Но, будучи здесь, в руках Дэкса, я чувствовала себя уставшей, эмоционально измотанной так, как никогда не позволяла себе чувствовать, как никогда не было безопасно себя чувствовать.

Как один большой брутальный пришелец смог

обойти мою броню, и это я говорю не о броне, которую я носила, и знал, что мне нужно больше. Я была сильной, возможно слишком, а у него заняло не более десяти минут разбить меня как яйцо.

Даже через твердую пластину его бронежилета я могла слышать его сердцебиение. Я была на этот раз спокойной и удивительно расслаблена. *Ничего* не могло сейчас со мной случиться. Я была в безопасности и мой разум был спокоен.

«Лучше?» - спросил он, как только моя истерика утихла.

«Лучше», - ответила я. Мое тело было мягким и податливым, моя задница горела и болела. Но я чувствовала, что кто-то обращает на меня внимание, *на* меня. Я не знала как, но мне нужна была та порка. Обдумывание моих реакций просто свело бы меня с ума, поэтому я убедила себя, что выясню это позже.

Я застыла в его объятиях и поняла, что моя задница торчит наружу. Я подтянула штаны и застегнула их, снова беря все в свои руки. Я попыталась уйти, стыд рассеял довольное свечение в моем мозгу в тот момент, когда я потеряла его прикосновение, но он остановил меня, подняв рукой мой подбородок, чтобы я посмотрела на него.

«Наблюдать как ты кончаешь, самая прекрасная вещь, которую я когда-либо делал». Его большой палец прошелся по моей щеке и я не смогла не наклониться к его прикосновению, когда он продолжил: «Ты моя. Ты никогда не будешь одинока, не будешь спать одна, сражаться одна. Ты моя и я никогда тебя не оставлю».

«Дэкс. Я не могу думать об этом сейчас. Я просто не могу. Мне нужно спасти Сэта».

«Мы спасем его».

«Окей. Мы спасем его».

Как сильно мне не хотелось этого признавать, но то, что он мне помогал, было большим облегчением.

«А потом ты поедешь со мной домой и мы начнем новую жизнь».

Я кивнула, неспособная отрицать это сейчас. Все мои тщательно построенные стены пропали, разрушились моей новой парой, его силой и железной волей.

«Хорошо, потому что я хочу, чтобы твои вздохи удовольствия звучали только для моих ушей. Стенки твоей киски с выгодой использовали мои пальцы, но я хочу почувствовать как ты кончаешь от моего языка. Я хочу попробовать на вкус твой рот и твою киску. Я хочу положить тебя и заполнить своим членом, пока ты не станешь умолять меня об оргазме, и я хочу заставить тебя кончать снова и снова, пока ты не станешь умолять меня остановиться».

Черт возьми, это было горячо. Дэкс был грубым и совершенно бесстыжим в своем желании. Я никогда не чувствовала что-то такое настоящее, такое сильное.

Я чувствовала его член, твердый и толстый, возле своего живота.

«Что… эм, а что же ты?»

Он взял мою руку и провел дорожку засохшей кровью, которая окрасила мою кожу, напоминание того, что мы сегодня сделали.

«Брачная лихорадка может застать меня в любое время. Когда она приходит, мои действия могут не подчиняться моей воле и не контролироваться. Просто знай, что ты единственная, кто может ее успокоить. Я буду драться не для того, чтобы взять тебя, если ты сопротивляешься, но моя жизнь будет в твоих руках. Возможно, *тебе* придется взять *меня*».

Я представила как он лежит на спине, а я сажусь на него сверху, как дикая женщина, его член входит глубоко, когда я опускаю свои бедра на его, беря то, что я от него хочу. Я не могла выкинуть эту мысль, что могучий военачальник лежит на спине, между моих бедер, весь мой. Когда он добавил к своему заявлению хитрую ухмылку в конце, я поняла, что хотя он был серьезен, он также и флиртовал. Этот большой космический пришелец покрытый кровью Улья на самом деле со мной флиртовал. Впервые, у меня не было возражений.

———

*Сара*

МЕНЯ РАЗБУДИЛ ЗВУК. Я уставилась в темноту, пытаясь выяснить, что это было, где была я. На мне была обычная майка и шорты. Кровать была мягкой и постоянный шум систем корабля не позволял мне забыть, что я больше не на Земле.

Тогда я услышала его снова. Кто-то находился в комнате.

«Свет пятьдесят процентов».

Команда осветилась.

Память ко мне быстро вернулась. Я была во временных жилых апартаментах с моей новой парой, ожидая, когда закончится магнитная буря, чтобы транспортироваться. В комнате была только одна кровать, никакого дивана или кресла, вынуждая нас разделить ее.

Я не привыкла спать с мужчиной, обычно секс на одну ночь не включал в себя ночевку. Но это не был быстрый перепихон, это моя пара, и я провалилась в сон, пока его огромное тело накрыло мое, защищая. Хотя кровать была большой, и Дэкс тоже, и я перестала сопротивляться, когда он притянул меня к себе и уснул.

Сейчас простыни сильно сбились. Я была на кровати, а Дэкс сидел на полу в углу. Его руки были сжаты в кулаки, шея выгнута, голая грудь сияла от пота, а пальцы бешено колотили по полу.

«Не двигайся. Я не смогу тебя спасти», – прорычал он.

Беспокойство пролетело сквозь меня, но я остановилась: «Что не так? Кошмар?»

Я знала многих бойцов, которые страдали ночными кошмарами из-за ужасов битвы.

«Лихорадка. Не подходи ближе, если не хочешь, чтобы я загнал тебе по самые шары, не отдавая себе в этом отчета».

Я вспомнила, какую силу он продемонстрировал, когда схватил солдата Улья и оторвал ему голову. Я закусила нижнюю губу, когда представляла насколько опасным он может быть: «Ты думаешь, что навредишь мне?»

«Я не знаю, что сделает зверь, Сара. У меня никогда не было брачной лихорадки. Он может чувствовать твой запах. Он хочет тебя и ты там, – он указал не меня, – в кровати и на тебе ничего, кроме откровенной одежды, твои соски твердые. Я чувствую твой запах...»

Он закрыл свои глаза, чтобы отгородиться от меня.

Он не навредит мне. Глубоко внутри я это знала. Я не знала, откуда это знание пришло, но инстинкт говорил мне, что он мне навредит. Не сейчас, никогда.

Пижамные штаны Дэкса были черного цвета и неплотный материал никак не мог скрыть крутой контур его члена. Он натягивал его штаны и это доказывало, что он у него был большим. Он сказал, что лихорадка приводит к ярости, гневу, потребности в сексе.

«Ты сказал, что это работа пары, угомонить зверя, – ответила я, соскальзывая с кровати и подползая к нему. – И ты сказал, что я могу оседлать тебя, Дэкс. Ты пообещал мне».

Каждая линия его тела была напряжена, натянута от беспокойной энергии и потребности. И он был как мужчина-модель, весь очерченный, с мышцами. Его широкие плечи переходили в узкую талию, между его коричневыми сосками находилось небольшое количество темных волос, переходящих в тонкую линию, которая уходила под пояс его штанов. У него было не шесть кубиков пресса, а восемь. Ему не нужна была броня, чтобы быть твердым как скала. А ниже, Боже, ниже, его член смотрелся как молот под тканью штанов. Я физически стремилась прикоснуться к нему, почувствовать мягкость его кожи, ее жар, его кудрявые волосы на груди. Толщину его члена. Его *вкус*.

«Не думаю, что ты можешь это успокоить, Сара. Когда брачная лихорадка захватывает меня во всю свою силу – а это даже не она – единственный способ, как я могу успокоиться, это потрахаться. Не единожды, и не дважды. Снова и снова, пока не сожгу всю энергию, потребность».

Я понятия не имела, почему мысль о том, чтобы спустить поводок для Дэкса, так привлекала. Мне следовало бояться, как он и предупреждал, но я не боялась. Не после того, как он увидел меня ранее. Он выпорол меня, затем заставил меня кончить. Хотя он и был властным, он не причинял вреда. Это было... захватывающе, когда я наконец передала ему контроль, когда я наконец-то поняла, что мне не нужно быть сильной для него.

И хотя он старался быть сильным для меня, теперь настала моя очередь дать ему то, чего он хотел. Я была единственной, кто это мог.

«Так ты хочешь взять меня жестко?» – спросила я. Одна мысль о том, что он возьмет меня без деликатности, заставляла мою киску течь.

Его глаза были на моем теле. Моя майка облегала, ясно очерчивая мои голые груди, когда я ползла к нему, мои соски были уже твердыми.

«Да», – его глаза сузились, а зрачки практически исчезли, они сейчас были чёрными.

«Ты хочешь грубо?» – я подползла ближе. Возможно мы были идеальным совпадением, потому что я не могла представить ничего горячее, чем Дэкса становящегося диким, что означало, что я хочу его именно так.

«Да», – его ладони скользили по полу, будто он пытался схватить что-то, что угодно, кроме меня.

«Я нужна тебе, чтобы снять напряжение?» – у меня было несколько собственных потребностей. Мне *необходимо* было кончить раз или два.

«*Да*».

Я чувствовала свою власть и желание и моя киска текла от потребности. То, как он оттрахал меня своими пальцами, заставив меня кончить только от них, побудило меня хотеть большего. Теперь, теперь я хотела этого так же сильно, как и он. Мне следовало уйти. Мне следовало *убежать*, так как я действительно не знала этого мужчину. Я собиралась заняться сексом с незнакомцем, огромным пришельцем с брачной лихорадкой, который хотел трахаться, и трахаться, и *трахаться*.

Черт, любая Земная женщина убила бы, чтобы быть на моем месте. Я не могла упустить возможность. Мои внутренние стенки сжались с требованием быть заполненными его огромным членом. Я взглянула на него и увидела, что предэякулят просочился через тонкую ткань. Я четко могла видеть очертание большой головки и начало толстой вены, которая проходила по всей его длине.

«Ты должна овладеть мной, Сара. Если ты будешь подо мной, то я могу навредить тебе».

Мои глаза прищурились от желания. Я стояла на ладошках и коленях перед ним: «Ты хочешь, чтобы я оседлала тебя?»

Он не ответил при помощи слов, но потянул за шнур на его талии и стянул штаны с члена. Он выпрыгнул на свободу и я не смогла не выругаться при виде его.

«Твою мать!»

Это самый большой член, который я видела. Достойный порно звезды. Он определенно очень хорошо его скрывал под своими штанами униформы. Он был толстым и очень твердым, с гладкой кожей и темно розового цвета, из-за прилитой крови. Чистая жидкость собралась в узкой щели наверху. Дэкс сжал основание своей рукой и стал его ласкать.

«Просто наблюдать как ты смотришь на мой член заставляет меня скорее кончить».

Я смотрела, как он двигал кулаком и клянусь, его член стал даже больше.

«Я не уверена... Я не уверена, что он влезет».

Он одарил меня болезненной улыбкой: «Сними свою майку, Сара».

Я выгнула бровь, затем усмехнулась: «Ты ужасно властный для того, чтобы хотеть, чтобы я тебя трахнула».

«Я разорву ее на тебе через три секунды. Я просто подумал, что ты захочешь что-нибудь надеть, когда я с тобой закончу».

Он был прав и то, как его свободная рука сжималась в кулак, я не сомневалась, что он схватиться за вырез на майке и разорвет ткань.

Садясь на пятки, я сняла ее через голову, распуская волосы.

Я передвинулась так, чтобы смочь снять свои шорты. Когда я кинула их поверх своей майки, Дэнс застонал.

Я стояла перед ним на коленях в одних трусиках. Я не знала есть у Атланских женщин трусики или нет, но так как я была с Земли, их позволяли как часть униформы. Они были белого цвета, ничуть не соблазнительные или сексуальные, но то, как Дэнс смотрел на меня, заставляло думать, что на мне самые изящные трусики из кружева и шелка.

Мои соски напряглись под его взглядом.

«Потрогай себя. Покажи мне, что тебе нравится», – зарычал он, его глаза приклеились к моей груди.

Я положила ладонь на живот и его глаза опустились туда. Я продвинула ее выше, сначала к одной груди, затем к другой. Хотя было приятно наблюдать, как его взгляд следовал за моей рукой, я все же хотела *его* прикосновений.

Он медленно покачать головой: «Не там. Ниже».

Мой клитор пульсировал, соглашаясь с ним.

Я скользнула рукой обратно вниз и затем под мои

трусики, мои пальцы теперь оказались на моем клиторе. Он был набухшим, таким набухшим, что просто прикосновение к нему заставило мой рот открыться, а глаза закрыться.

«Смотри на меня, Сара», - его голос был мрачным рычанием.

Я посмотрела на него, увидела дикую необходимость, жар, желание.

«Ты мокрая?»

Я прикусила губу и кивнула, скользкая эссенция покрывала не только мои половые губы, но теперь и пальцы.

«Покажи мне. Докажи мне, что готова к моему члену. Что ты его хочешь».

Я подняла руку и он мог видеть, что выделения покрывали мои пальцы. Тогда он застонал, его сдержанность ослабла и он схватил мое запястье, потянув меня на себя. Я положила руку ему на плечо, чтобы удержать равновесие, и раздвинула колени шире.

Он взял мои пальцы в рот и слизал мои соки. Это была самая эротичная вещь.

«Дэкс», - я простонала его имя, когда обсасывание моих пальцев заставило меня задуматься, как его рот будет ощущаться на моей киске.

«Ты на вкус сладкая, - прорычал он. - Сейчас, Сара. Нужно сделать это сейчас. Зная, что ты тоже этого хочешь, мне труднее себя контролировать. Если зверь вырвется, он не остановится».

Он освободил свою хватку и положил ту руку на свое другое плечо. Хотя очевидно его лихорадка бушевала, он ждал, чтобы узнать, что я готова для него, что моя киска настолько мокрая, чтобы принять этот большой член.

Даже сейчас, пока его лихорадка одолевала его, он хотел удостовериться, что не сделает мне больно.

Когда он вытянул ноги, я внезапно села верхом. Поднимая свои руки к моим бедрам, он зацепил пальцами по бокам мои трусики и потянул, разрывая их на мне. Я была полностью на виду, полностью голой.

Двигая колени вперед, я расположилась так, что находилась прямо над его членом. Медленно, осторожно, я опускала себя вниз, пока головка не столкнулась с моей киской.

Он зашипел и я застонала. Его руки легли на мои бедра и сильно их сжали. У меня скорее всего будут синяки на тех местах на утро.

«Сейчас, Сара. Твою мать. Сейчас».

Протянув руку между ног, я раздвинула мои скользкие складки и опустила тело на его широкую головку. Он был таким большим, что я прикусила губу от острого укола боли, пока он растягивал меня, заполнял меня. Прошло много времени с тех пор, как я с кем-то была, а он был не среднестатистическим мужчиной.

Я вцепилась в его плечи. Он уставился на место между моих ног и я опустила голову, чтобы увидеть на что смотрит он. Понемногу его член исчезал во мне. Это было такое эротическое зрелище, пока я принимала все больше и больше.

Делая глубокие вдохи, я старалась расслабиться и позволить гравитации помочь. Согнув колени, он создал для меня что-то наподобие колыбели, давая мне место, куда облокотиться. При опоре на его бедра, угол наклона немного сместился и он скользнул глубоко одним плавным движением, не давая мне времени приспособиться. Внезапно, я стала наполненной. Слишком наполненной.

Я закричала, мой лоб на его груди, пока я пыталась дышать, ерзая на нем, стараясь **высвободиться**: «Это слишком. Ты слишком большой».

Он успокаивал меня, положа руки мне на спину, удерживая меня на месте: «Подожди минуту, чтобы привыкнуть. Ты идеальна для меня. Вот увидишь. Просто находиться в тебе уже помогает. Я не наврежу тебе. Я обещаю. У меня большой, а твоя киска такая узкая. Она такая мокрая и жаждущая меня. Сожми мой член. Да, вот так».

Пока он продолжал разговаривать со мной, я расслабилась, привыкая с ощущениям огромного члена во мне. У меня *никогда* не было такого большого до этого. Я не сомневалась, что как только я начну двигаться, я буду абсолютно потеряна для всех остальных.

Внезапно, мне захотелось приподняться, двигаться на нем. Оставаться на месте стало пыткой. Двигаясь, я немного поднялась на нем, затем опустилась обратно, заставляя Дэкса стонать.

«Еще».

Я сделала это еще раз. И еще.

«Не останавливайся».

Ему не нужно было мне этого говорить, потому что я не имела намерения останавливаться. Я начала прыгать на нем по-серьезному, поднимаясь и шлепаясь вниз жестко; каждый раз как я двигалась, мой клитор терся о него. Я откинула голову назад в самозабвении, зная, что он не собирается меня отпускать, он не собирается делать ничего, а только позволять мне трахать его, пока я не кончу, пока не заставлю кончить *его*.

Мои груди подпрыгивали и покачивались, пока я двигалась, но меня это не волновало. Я знала, что он чувствует мягкую плоть моих бедер под своими пальцами, но меня это не волновало. Меня вообще ничего не волновало.

Я никогда не была так возбуждена, не хотела так кого-то раньше. Обычно мне нужна была куча прелюдий прежде чем, я бы даже подумала о сексе. Что до Дэкса, мне хватало только слышать его голос, видеть его член и я уже текла.

«Я скоро кончу», – закричала я, двигая бедрами маленькими кругами, вертясь на нем.

«Хорошая девочка. Кончай для меня. Кончай для своей пары».

Я вскрикнула, когда кончила, от удовольствия кончики моих пальцев покалывали, а пальцы на ногах онемели. Мои ноги дрожали и пот выступил на коже. Пожалуй, не было более уязвимого момента и я чувствовала, как руки Дэкса крепко держат меня, его тепло и основательность подо мной.

Когда дыхание восстановилось, я открыла глаза. Дэкс оставался глубоко внутри меня, все еще твердый и толстый. Он ухмыльнулся мне: «Ты красивая, когда кончаешь».

Я покраснела от его комплимента.

«Лихорадка немного утихла», – выдохнул он. Глядя на него, я не могла такого сказать. Его руки все еще крепко сжимали мои бедра, связки на шее выделялись и его член безусловно не ослаб.

Я нахмурилась: «Но... ты не кончил».

«Просто быть в тебе, кажется, помогает. Видеть тебя помогло абсолютно точно. У меня никогда не было лихорадки, так что я тоже учусь. Не бойся, я снова все контролирую».

«Я не хочу останавливаться! - я все еще могла скакать на нем, все еще трахать его, доведя до оргазма. Я могла кончить еще раз. Я хотела кончить еще раз, как непослушная, непослушная девочка. Я хотела еще. - Я... я не хочу, чтобы ты все контролировал».

«Ты хорошо выполнила свою работу как пара, успокоив моего внутреннего зверя, - его руки поднялись и обхватили мои груди, его большие пальцы ласкали мои соски, и я подалась вперед к его прикосновению, когда огонь разлился напрямую от моих грудей к клитору. - Сейчас, я собираюсь трахнуть *тебя*. Но сначала, я хочу попробовать тебя на вкус».

До того, как я смогла ответить, он поднял меня и его член вышел на свободу. Он пододвинулся так, чтобы лечь на спину на полу. Вместо того, чтобы сесть верхом на его талию, я оседлала его... его лицо.

Я посмотрела на него сверху вниз между своих ляжек, увидела блеск в его глазах, порочную ухмылку на его губах.

«Дэкс», - сказала я не дыша.

«Я почувствовал тебя, когда облизал твои пальцы. Соки твоей киски облегчают лихорадку. Это как лекарство. Мне нужно больше».

Он перестал говорить, ухватился за мои бедра и опустил меня так, чтобы я села на его лицо.

Мне не на что было облокотиться, поэтому я упала вперед и мои ладони шлепнулись на стену. Я посмотрела вниз на темную голову Дэкса и стала наблюдать как его язык ласкал мой клитор перед тем, как он взял его в рот и начал сосать. Я оказалась права. Его язык намного лучше моих пальцев.

«Ты кончишь для меня и потом я тебя трахну».

Его голос звучал приглушенно из-за моих бедер. Он сначала поцеловал, затем прикусил, что заставило меня задохнуться. Он был властным и я вообще не возражала. Очевидно, подчиниться команде кончить от мужчины, чей рот находился на моей киске, стало намного легче, как и пересмотреть свой взгляд на вопрос власти.

«Окей», – ответила я, для чего женщине отказываться от еще одного оргазма?

Я сдалась, так как единственной моей альтернативой было слезть с него, но этого не случится. Он был талантливым любовником, орудуя языком как мастер своего дела. Мой клитор был уже чувствительным и нежные ласки его языка, присасывание его рта, подтолкнули меня к краю, и за него, быстро. Он оставил меня ослабевшей и тяжело дышащей, в поту и насытившейся.

«Член. Мне нужен твой член», – призналась я.

Будто я была куклой, он легко поднял меня и понес на кровать. Он уложил меня на живот и подтолкнул мои колени под меня. Моя щека осталась на холодных простынях, а моя задница оказалась в воздухе.

Я почувствовала мягкое нажатие его члена на мою киску. Он скользил им вверх-вниз по скользкой, набухшей плоти.

«Это то, чего ты хочешь?»

Я схватила простыни и посмотрела на него через плечо. Штанов на нем уже не было и я могла видеть его ноги. Мышцы у него везде были колоссальными. Мясистые бедра сужались в талию, а она переходила в твердую, широкую грудь. Он был как Давид Микеланджело, если бы тот вырезал пришельца.

Я толкнулась к его члену, желая, чтобы он оказался во мне, не желая ждать: «Да!»

Широкая головка коснулась всей моей нежной плоти, даже прижимаясь к моему заднему входу, куда я никого раньше не подпускала: «Тут, Сара. Когда я полностью буду себя контролировать, я захочу сюда. Зверь будет командовать твоей киской. Он будет думать только о том, как оплодотворить тебя, привязать тебя к себе навсегда, – он ласкал мой задний проход своим большим пальцем, дразня меня своими эротическими мыслями. – Но я хочу исследовать тебя всю, пара. Каждый сантиметр твоего тела станет моим, чтобы попробовать, утвердить, трахать».

Он проник в меня одним сильным, быстрым толчком и я сжалась, думая о том, насколько большим он ощущался в моей киске. Я не могла представить его, берущим меня в такое интимное место.

«Я никогда... у меня не было...» - призналась я.

«Я хочу всю тебя, – он наклонился над моей спиной, когда его рот оказался прямо за моим ухом, его тело накрывало меня, пока его член входил и выходил из меня. – Ты моя».

«Да».

Он вышел из меня и пошел к стене. Я осталась лежать щекой на холодных простынях и попыталась игнорировать ощущение пустоты в своей киске, стараясь не думать, как сильно я хочу его обратно туда, внутрь меня, чтобы он заставил меня кончить.

Тем не менее, у этого вида были свои преимущества. Я наслаждалась тем, что было моим, наблюдая как мышцы на его идеальной заднице расслаблялись и напрягались, когда он отходил.

«Что ты делаешь?» - спросила я. Он хотел закончить? На сегодня со мной все?

«Я забыл, что ты не из моего мира и не подготовлена для Атланского любовника».

Я нахмурилась.

«Атланские женщины готовятся, начиная с их восемнадцатого дня рождения, удовлетворять своих пар. Чтобы быть готовыми к брачной лихорадке. Она познает искусство секса. Любого».

«Ты имеешь ввиду…»

Он нажал несколько кнопок на секции в стене и вернулся с маленькой коробкой. Поворачиваясь ко мне, он поставил коробку на кровать возле меня, открыв крышку.

Мои глаза округлились, когда он показал мне пробку. Мне никогда туда ничего не засовывали, но это не означало, что я не знала что это такое.

«Любой вид секса, Сара. Киска, рот, задница. Ты сосала член раньше?»

Он вытащил тюбик, похожий на лубрикант.

«Да», - ответила я, но не такой большой член, как у него. Я определенно не смогу взять его весь. Даже порно звезда не справилась бы с таким.

«А твоя попка? У тебя девственная задница, Сара?»

Он выдавил солидную порцию прозрачного лубриканта на пробку. Она была меньше, чем его член, но я сомневалась в том, что она войдет в мою задницу.

«Сдайся, пожалуйста. Время подготовить эту великолепную тугую дырочку. Я спокоен, временно, но я никогда не причиню тебе боль. Только доставлю удовольствие».

Одной рукой он отодвинул одну ягодицу от другой, раскрывая широко мой зад: «То, как ты реагируешь на меня, я не сомневаюсь, что тебе понравится принимать мой член глубоко в попку».

Я покраснела, зная что он может видеть меня всю.

«Говорит человек, которому не засовывали пробку в задницу» - пробурчала я.

«Я услышала его смех, но он не отступил. Я ощутила гладкий, твердый кончик пробки возле своего заднего прохода.

«Нет, это говорит человек, который собирается натренировать задницу своей пары для члена, и если она будет хорошей девочкой, трахать ее долго и жестко. Сколько раз за ночь ты можешь кончить, Сара?»

Я вздрогнула, когда он начал вставлять пробку в меня. Это было не очень больно, но ощущения очень, очень странные.

«О, эм. Обычно один, может дважды, если я буду себя ласкать».

Он продолжал пропихивать в меня пробку, раскрывая меня шире и шире.

«Дэкс», - вскрикнула я, но она скользнула на место, моя попка сжалась на узком отделе. Я чувствовала как широкий плоский круг прижимается к моей заднице.

«Так красиво, - он провел пальцем по моим складкам. - Такая мокрая. Тебе это нравится. Я так рад, что ты уступила, что твое тело принимает то, что я тебе даю».

«Если ты главный, тогда уже трахни меня».

Он нажал на основание пробки и она ожила. Черт возьми, это была вибрирующая пробка. Нервные окончания, о которых я не подозревала, активировались, и я выгнулась на кровати.

«Видишь? Плюсы женщины Атлана. Их много, и я надеюсь продемонстрировать тебе их все».

Да, это плюс, который мне определённо нравился.

Я стала извиваться на кровати, от мягкого ощущение простыней натирающих мои нежные соски.Мой клитор набух и я терлась им о матрац. Я не могла контролировать это удовольствие, исходящее от моей попки. Дерьмо, я собиралась кончить прям вот так.

«Дэкс!»

«Ты трахнула меня, Сара. Теперь моя очередь трахать тебя. Ты примешь это. Ты примешь меня всего, потому что ты это полюбишь. Произнеси эти слова».

Мне нравилось то, как он командовал и доминировал, и все же, он не брал меня без моего соглашения. Он мог засунуть пробку мне в задницу, но не трахал меня, пока я не согласилась. И он бы отошел от меня, если бы я сказала нет. Даже с его желанием быть в половой охоте – как он это называл – успокаивать лихорадку, он убеждался, что я настроена на это.

«Я хочу этого. Боже, пожалуйста, мне это нужно, – простонала я. – Ты не можешь оставить меня вот так!»

Аккуратно, он скользнул в меня, медленно, но одним долгим движением. Он достиг дна и я запрокинула голову от невероятно тугого ощущения его члена и пробки, заполняющих меня. Я была наполнена до этого, когда я его оседлала, но под этим углом, в этой позе, он вошел намного глубже. Пробка плотно прилегала, вибрации делали все чертовски интенсивным. Было так хорошо.

Он начал двигаться, скользя внутрь и обратно со

своей скоростью, так, как он хотел. «Видишь, Сара, когда я главный, тебе это нравится. Я контролирую твою киску. Я контролирую твою задницу. И ты будешь кончать для меня снова и снова. Двух раз недостаточно. Я собираюсь выжать каждую капельку удовольствия из твоего тела, а ты отдашь его мне».

Я сжалась на его члене от этой мысли и стиснула зубы.

Его ладонь опустилась на мою задницу, сильно. Громкий звук шлепка заполнил комнату.

Я перешла на крик. Сочетание вибрации, его члена врывающегося в меня глубоко и жестко, горячего шлепка по моей заднице, все это перетолкнул меня через край. Я сдавила его член, выжимая его, стремясь затянуть его глубже в свое лоно.

Наклоняясь ко мне, его грудь прижалась к моей спине, когда он поставил ладонь возле моей головы: «Я могу делать все, что захочу и ты *будешь* подчиняться. Почему?»

Его бедра продолжали работать как поршень туда-сюда, пока он продолжал свое вербальное порно. Я готова была кончить снова просто от его слов.

«Потому что ты хочешь, чтобы я тебя взял. Ты нуждаешься в моем контроле. Тебе необходимо подчиняться так же, как и мне доминировать. Ты понятия не имеешь, что я планирую сделать дальше, но ты все еще хочешь этого. Мы идеальны друг для друга».

«Да!» - закричала я, когда он протянул руку сбоку и поместил мой клитор между двух своих пальцев и защемил его.

Его бедра потеряли свою размеренную скорость и он стал трахать меня по-настоящему. Жестко, грубо.

Короткие толчки. Тяжелое дыхание. Я снова кончила, пульсируя вокруг его члена. Один раз, второй, он заполнил меня, затем прикусил мое плечо, когда кончал, подавляя свой стон и наполняя меня своим горячим семенем. Маленький болючий укус только подтолкнул меня к еще одному мощному оргазму. Я рухнула на кровать, когда Дэкс вышел из меня и упал рядом со мной. Кровать отпружинила и я перекатилась к нему. Я ощутила легкое нажатие на пробку и вибрация прекратилась.

Я застонала от сохраняющегося чувства быть полностью подвластной кому-то, хорошо оттраханной, насытившейся. Мы были потными и вонючими, его сперма вытекала из меня. Мои волосы запутаны, а я измотана.

«Это прекратило твою лихорадку?» – спросила я сонно, немного погодя.

«Ммм, – сказал он, – нет. Но я снова держу себя в руках. Зверь будет возвращаться, пока не получит своей очереди тебя трахнуть».

«Что это значит, Дэкс?»

Он вздохнул и перевернулся на бок, чтобы погладить меня, его огромная ладонь пробегала от бедра к плечу и обратно, задерживаясь на всех мягких, чувствительных местах по пути: «Ты видела Атлана в звериной ярости?»

«Нет, – я расслабилась под его прикосновениями, не передать словами какая довольная, пока его теплая ладонь успокаивала меня. – Я думаю, я видела что-то, когда ты был на грузовом корабле, но я не уверена».

«Да, – он ущипнул мой сосок и я открыла глаза, обнаружив, что он наблюдает за мной. – Что ты видела?»

Было трудно говорить с ним, пока он крутит мой затвердевший сосок между своих пальцев, оттягивая и играя, но я попыталась, слишком хорошо измотанная, чтобы сопротивляться: «Ты казался больше, как будто вырос. Твое лицо выглядело злее, больше как у Приллонского воина, более острое».

Его рука двинулась от моего соска, чтобы исследовать все еще мокрые складки моей киски. Когда я сдвинула ноги вместе, он наклонился и укусил меня за плечо. «Раскройся для меня. Сейчас же. Я хочу ощутить свое семя в твоей киске. Я хочу потрогать тебя».

Боже праведный, рычание вернулось. Говоря о Неандертальце. Он хотел размазать свое семя по мне? Почувствовать свое утверждение глубоко, куда он кончил несколько моментов назад? Ладно. Не похоже, чтобы он не видел, трогал, пробовал, трахал каждый сантиметр меня. И, пробка все еще заполняла мою задницу.

Я широко раздвинула ноги и его пальцы погрузились глубоко, мокрый жар наших смешанных жидкостей вызвал у него рык, когда он заполнил меня двумя своими пальцами и размазал семя по всем губам моей киски и ляжкам.

«Когда Атлан вступает в режим зверя, его мускулы могут увеличиваться до половины их размера. Его зубы удлиняются, десна убираются и его разум затуманивается в битве дымкой. Кроме того, когда у него есть пара, дымка обычно наступает, когда он находится под угрозой, в бою или когда он защищает свою пару».

Он лениво потер мой клитор своим большим пальцем и мои бедра невольно дернулись.

«Ты стал зверем, потому что я была там?»

«Да».

Я уставилась в потолок, пытаясь разобраться с моей новой жизнью, пока он играл с моим телом, медленно возвращая меня к жизни, заставляя меня вновь желать его член. Боже, его зверь собирался трахнуть меня? То огромное, здоровенное животное, которое отрывало головы солдатам Улья, даже не вспотев? Что это вообще значило, быть оттраханной зверем? Дэкс действительно собирался выйти из себя? Его разум отключится? Насколько большим он будет? И почему от этой мысли мне хотелось скрестить ноги и сжать их, чтобы сражаться с нарастающим жаром в моем теле? Моя непослушная маленькая киска хотела член зверя, хотела, чтобы мой новый любовник вышел немного из-под контроля.

«Похоже, мои инстинкты пары определенно сработали».

Слишком смущенная чередой моих мыслей, я не открывала глаз, когда спросила, «Что это за инстинкт?»

«Я чувствую себя как победитель, будто я выиграл битву, когда наблюдаю как мое семя стекает по твоей набухшей и хорошо вытраханной киске. Видеть как пробка подготавливает твою задницу для меня. Твои глаза стекленеют и тело обмякает, и я хочу ударить себя в грудь и зарычать, зная, что я полностью тебя удовлетворил, что мой член так хорошо тебя заполнил, что ты будешь чувствовать это утром».

«Чудо из чудес, мужское эго одинаково везде, – возразила я, слишком удовлетворенная, чтобы обижаться. – На Земле это называется быть пещерным человеком».

Он зарычал и мои глаза раскрылись, когда он прижал меня под себя, его твердый член скользнул в мою еще текущую киску одним медленным, легким движением. Он прижал мои руки у меня над головой на кровати и стал медленно трахать, слабый огонь превратился в мгновенный пожар, когда я обхватила ногами его бедра и заскулила. Его взгляд был напряженным и сосредоточенным, наблюдая за каждым движением моих век, каждым вздохом, пока он имел меня, утверждал меня, трахал меня. Взгляд сцепился с моим, он вошел сильнее и спросил: «У тебя есть пещерный человек на Земле, моя Сара?»

Я подумала подразнить его, но сразу же передумала, когда он вышел и вошел резко и глубоко, фактически пододвигая меня на кровати силой своего толчка.

«Нет. Ты единственный пещерный человек, который у меня есть».

Он зарычал, его слова едва распознаваемы: «Ты моя».

*Толчок.*

«Моя».

*Толчок.*

Он трахал меня, пока я отчаянно хотела кончить, пока слово *пожалуйста* чуть не слетело с моих губ.

Он держался спокойно, его член глубоко во мне и он ждал, пока я встречусь с ним взглядом: «Назови мое имя, Сара».

«Дэкс».

Моей наградой стал сильный толчок его бедер и я задохнулась. Он остановился, протянул между нами руку и вернул вибратор в моей заднице к жизни.

«Мое имя?»

О, боже. Мы собираемся играть в эту игру?

Я попыталась поднять бедра; он легко приковал меня к кровати своим весом. Мои руки были над моей головой, мои груди торчали вверх напоказ для его удовольствия. У меня не было выбора.

«Мое имя?»

«Дэкс».

Он задвигался. Моя награда. Его огромный член растягивал меня и глубоко ласкал стенки моей киски, ударяясь в то особое место, которое заставляло терять рассудок. Ему не нужно было спрашивать снова.

«Дэкс. Дэкс. Дэкс!»

«Хорошая девочка», – он улыбнулся и дал мне то, чего я хотела. До того как он со мной закончил, его имя заполнило комнату как заклинание.

# 8

экс

«Координаты местоположения Капитана Миллс определены», – один из транспортных проводников провел по планшету, затем посмотрел на меня. Посмотрел на меня снизу *вверх*, потому что был не очень высоким.

Заняло всего момент, чтобы осознать, что он имеет ввиду не Сару, а ее брата Сэта. Сара больше не была членом флота Коалиции, она была моей. Мне только нужно было добраться до ее брата и вытащить их обоих живыми.

Командир Картер оказался все-таки нормальным, позволив нам надеть нашу бронированную униформу. Он даже обеспечил нас ионными пистолетами.

«Вы не сможете поменять решение и вернуться к сражениям, если будете мертвы», – сказал он Саре.

Возможно для него это было сентиментально, но я был благодарен, что она хорошо защищена от того, с чем бы мы не столкнулись. Внутри меня находился зверь, который сможет помочь. Если где-то рядом с Сарой появится боец Улья, я точно включу режим берсерка и убью его голыми руками. У меня тоже было оружие, на всякий случай, но я сомневался, что буду его использовать.

Даже в бронежилете ее изгибы не могли быть спрятаны, по крайней мере от меня. Возможно, я замечал их, потому что знал как именно выглядят ее груди, каково их чувствовать в своих руках, каковы на вкус ее соски. Ее бедра казались круглее, но это потому что я знал какими мягкими они могут быть под моими руками, когда она кончала на моем члене. Это была даже не брачная лихорадка, которая заставляла меня следить за Сарой с едва подавляемым желанием. Я был просто мужчиной, восхищающимся сочной, желанной женщиной.

«Военачальник, последнее известное местоположение Офицера Миллс на борту транспортного корабля Улья. Также прослежены несколько радиомаяков бойцов Коалиции, что приводит к мысли, что это тюремное судно или транспорт, ведущий к центру интеграции».

«Я слышал о ЦИ», – ответил я, не желая говорить вслух о том, что Улей делал там с заключенными: делал их частью своего коллективного разума, вживлял в их биологические тела искусственные технологии, которые захватывали и их тела и их волю. Делали их рабами. Челюсть Сары сжалась и я увидел, как она пыталась сдержать беспокойство за своего брата. Это маленькое проявление ее страха прогнало все желание.

«В каком направлении движется корабль?» – спросила Сара.

Транспортный офицер бросил взгляд на Сару, задержался на ее груди, затем посмотрел на меня: «Они вылетают из системы к сектору 438, военачальник».

Я видел как Сара прищурилась, явно оскорбленная.

Я указал на свою пару. «Это она задала вам вопрос».

«Да, но *она* больше не во флоте Коалиции».

Сара только перенесла вес на пальцы ног, в остальном она не выказала внешних признаков раздражения. Я, однако, почувствовал гнев, похожий на тот, который возникал от брачной лихорадки. Этот... дежурный был высокомерным и неуважительным по отношению к Саре, к моей паре.

«Так же как и я», – возразил я.

«Если корабль направляется к сектору 438, тогда он направляется к пространству, контролируемому Ульем. Как только он пересечет его, они для нас будут потеряны. У нас не так много времени, чтобы их спасти».

Сара игнорировала шовиниста, контролирующего транспортировку, и говорила только со мной. Рот дежурного открылся, затем закрылся со слышимым щелчком на информацию от Сары.

«Транспортный дежурный... Роган, - она мельком взглянула на его бейджик на униформе. - Когда вы подготовите транспортировку, пожалуйста, измените координаты непосредственного местоположения Капитана Миллс на две палубы ниже».

Дежурный нахмурился: «На две палубы ниже?»

«Вполне вероятно они держат моего брата и остальных заключенных на гауптвахте, а мы не хотим транспортироваться непосредственно в камеру. Мы также не желаем транспортироваться прямо перед Ульем. Гауптвахта располагается на уровне пять транспорта центра интеграции. Двумя уровнями ниже этаж снабжения, о котором вы должны знать, если когда-то вам приходилось бывать в разведоперации на борту корабля Улья. Пятый уровень автоматизирован и обычно не охраняется личным составом Улья».

Она выгнула темную бровь, смотря осмелится ли мужчина сомневаться в ее словах.

«Она права?» - спросил я, тем тоном, который использовал, когда командовал Атланским отрядом.

Он напрягся и взглянул на меня: «Права. Улей использует роботов, чтобы содержать и обслуживать их снабжение», - ответил он.

«Тогда делайте так, как *бывший* Капитан Миллс приказала».

Ее план был разумным. Я был готов драться с Ульем сразу после транспортировки, также как тогда, когда меня отправили непосредственно по координатам Сары. Ни транспортный офицер, ни Командир Дик, ни я, не предполагали, куда именно я транспортировался, когда они отправляли меня к моей паре. Никто из нас не предполагал, что она будет сражаться в этот самый момент. Это было тактической ошибкой, так как я подверг команду Сары опасности и послужил причиной того, что Сэм Миллс был схвачен Ульем.

Если бы я подумал о том, что Сара сделала сейчас, не о точном местоположении нашей цели, а о безопасном месте для транспортировки, мы вполне вероятно теперь не собирались бы на эту опасную спасательную операцию.

Были только она и я, но все же, она мыслила как

настоящий воин, и я чувствовал что-то, чего я не ожидал почувствовать по отношению к боевым навыкам моей пары... гордость.

«Да, военачальник».

Транспортный офицер провел пальцем один раз, затем второй и я посмотрел на Сару: «Готова?»

Она кивнула, затем взяла меня за руку. Я не успел подумать над этим жестом, так как в мгновение ока мы больше не находились на боевом корабле, а оказались в едва освещённой комнате с твердыми ящиками. Глубокий гул оборудования был постоянным, намного громче и глубже, чем обычный темп систем корабля. Сразу же Сара присела на корточки. На мгновение я вообразил как она расстегивает мои штаны и берет мой член в свой рот. Мне все еще предстояло узнать, каковы ее умения, но я мог представить, что она также ненасытна и готова, как и в сексе, который у нас уже случился. Мысль о ее языке, ласкающем мою головку, заставила мой член зашевелиться в штанах. Мне пришлось вытолкнуть мысль о ее сладком сосущем ротике из головы. Я встал на колени возле нее и сосредоточился на нашей операции.

«Мы не знаем мониторит ли кто-то из Улья этот уровень или регистрируют ли жизненные формы какие-то сенсоры движения», - сказала она, ее голос был спокойный и ровный.

Она была сосредоточена, хотя если б у нее в заднице все еще находилась та пробка, я сомневался, что было бы так. Боже, видеть, как та тугая дырочка растягивается благодаря пробке, заставляло меня...

«Оставайся здесь, я пойду выясню», - сказала она, затем двинулась с места.

*Сосредоточься!*

Я привык быть во главе и властвовать над подходом к сражению. Отряд Атланских бойцов был силой, против которой даже Улей не мог выстоять. Но Сара не была Атланом и мне приходилось постоянно напоминать себе, что сейчас требуются терпения и стратегия, а не сила.

Я схватил ее за плечо, останавливая: «Мы сделаем это вместе, – я поднял запястье. – Помнишь, мы не можем разделяться».

«А что, если нас схватят?» – спросила она.

Я сжал челюсти: «Нас не поймают».

«Первого Улья, которого мы увидим я... обездвижу и мы сможем забрать их оружие и коммуникаторы».

«А потом?» – я изучал ее, и мне хватало ума понимать, что мы сейчас на ее территории. Я никогда не ступал на такой маленький корабль до того, как попал в этот сектор. Я бы не выжил за десять лет битв, если бы игнорировал знания и опыт своих лучших бойцов.

«Лифты расположены в центре на всех кораблях Улья, но также есть и тоннели. Я считаю, что мы должны пойти к тоннелям. У нас будет больше шансов застать их врасплох».

«Согласен».

Она кивнула и повернулась, чтобы начать свой путь.

---

*Сара*

. . .

Сэт находился на этом тюремном корабле. Как и другие люди, люди, которые не заслуживали такой судьбы, уготовленной для них. Надеюсь, мы спасем всех их вовремя. Изменили ли уже Сэта? Была у него металлическая кожа и серебряные глаза бездушного киборга? Были у него внешние накладки на руках и ногах? Побрили они ему голову? Вживили микроскопические имплантаты в мышцы, делающие его быстрее и сильнее, чем следует человеку? Он все еще выглядел как мой брат?

Не важно. Если он жив, мне не важно, как он выглядел.

Дэкс прокладывал путь, отодвигая меня в сторону, когда я должна была идти первой. Да, он был пещерным человеком, но в данный момент было две вещи, удерживающих меня от того, чтобы шлепнуть его – способность отрывать головы без разогрева и действительно классная задница. Если появится один из Улья, Дэкс мог стать берсерком, вместо того, чтобы открывать огонь. Сейчас, я пыталась сосредоточиться на спасении своего брата, вместо ощущения задницы Дэкса в моих руках. Я знала насколько она напряжена, когда он трахает меня. Дерьмо, у меня проблемы. Он был единственным мужчиной во всей галактике, кто мог отвлекать меня во время операции.

Не прошло и двух дней, а я уже настолько изменилась. И дело не в том, что я больше не являлась бойцом Коалиции. И дело не в том, что я стала парой Атланского военачальника. И даже не в том, что мой брат был схвачен Ульем. Дело было в осознании того, что остаток своей жизни я больше не буду одна. Я больше не буду жить ради кого-то другого.

Я пошла в армию, потому что я была хороша в этом, и

я была хороша, потому что выросла с тремя братьями, которые не давали мне выбора. Мой отец не давал мне носить платья принцессы, не предлагал пони или выпускное платье. У меня были игры в пейнтбол, занятия по карате и хоккею на льду. Я никогда не выбирала эти вещи, только следовала за ними и участвовала, потому что я была самой младшей, а также если бы я этого не делала, я бы осталась в стороне. Одна.

А затем мой отец выкинул самую огромную хреновину из всех. Обещание на смертном одре. Я пошла во флот Коалиции, потому что я пообещала отцу, что найду Сэта и присмотрю за ним. Я была так сосредоточена на этом, что не поняла, что мой отец отобрал у меня всю мою жизнь. У меня не было выбора. Ничего своего. Я просто должна была найти Сэта. Я нашла его, сражалась рядом с ним, но потом его схватили. Как только я вытащу Сэта из карцера Улья и доставлю его в безопасное место, что тогда? Должна я буду остаться рядом с ним навсегда? Я сделала то, чего хотел мой отец и я верну Сэта. Я присоединилась к Коалиции, покинула Землю. Черт, я даже согласилась стать парой Атлана, чтобы сдержать свое обещание, данное отцу.

Что было моим? Какой выбор я сделала в жизни, который был именно моим? Поразительно, но Дэкс заставил меня увидеть, что был кто-то, кто хотел меня, хотел того, чего хочу я, желал делать что-то для *меня*. Это было другое, это удивляло. Мне это нравилось.

Этот огромный громила космический пришелец хотел для меня самого лучшего. Да, это включало его поведение Неандертальца – как сейчас, когда мне приходилось оставаться позади него. Он согласился помочь мне вызволить Сэта, потому что знал, что это важно. Он всегда проверял была ли я в нужном настроении перед тем, как трахнуть меня, заботясь о том, чтобы я была мокрой и желала его. Он даже вставил эту глупую пробку в мой зад, потому что знал, что это доставит мне удовольствие, даже когда я была настроена абсолютно скептически. Я была немного подавлена сейчас, хотя на самом деле, все мои женские части были огорчены. Меня вот так не трахали... ну, никогда.

Его целью была доставлять мне только удовольствие, так что, когда это все закончится, когда Сэт будет спасен, я буду долго думать, как мне доставить удовольствие Дэксу. Не потому что мне сказали так сделать. Не потому что я должна, чтобы меня принял моя пара, но потому что я *хотела* знать, что сделаю его действительно счастливым.

Громкие шаги вырвали меня из моих мыслей. Это была небольшая группа Улья, возможно, как обычно, трое. Когда Дэкс выскочил из-за куба снабжения, на момент меня охватила паника, что что-то может с ним случиться, но испуг был недолгим, чтобы повысить мой пульс. Хрипы и стоны, ионный взрыв, удары твердого металла об пол, разрушение ящика, когда его перевернули, затем тишина. Неровное дыхание Дэкса: «Чисто!»

Я тогда встала и увидела, что их действительно было трое. У двоих отсутствовали головы, а один был застрелен. Дэкс наклонился и взял оружие Улья для меня. Оно немного отличалось от стандартного бластера Коалиции, но изучив его несколько секунд, я почувствовала, что легко смогу с ним обращаться. Теперь у меня было оружие в каждой руке.

Дыхание Дэкса не восстанавливалось и я могла видеть

пульс, барабанящий у него на шее: «Сара», – прорычал он.

Мои глаза расширились: «Что? Что это? Они мертвы, я в безопасности!»

Он кивнул, пусть даже и судорожно: «Это... дерьмо, это лихорадка. Ее пробудила битва с этими тремя».

«Тогда используй ее. Пойдем спасем моего брата и остальных. По пути ты можешь отрывать головы стольким солдатам Улья, скольким хочешь».

«Она сильная. Боже, это произошло слишком быстро».

Он сделал шаг назад, я поняла, что он пытался защитить меня от себя.

Я осмотрелась, понимая, что мы на тюремном корабле Улья и должны найти Сэта, но мы не могли идти дальше, пока Дэкс не возьмет себя в руки. Мне придется успокоить его. Мне придется каким-то образом вернуть ему контроль над собой... мне нужно применить что-то, что не включало в себя секс. Я не собиралась заниматься этим там, где мы находились. Все было тихо, но так могло оставаться недолго.

«Я знаю. Это для нас опасно. Я не смогу так, не могу видеть кто плохой, а кто хороший. Если твой брат прикоснется к тебе, я его убью».

Он предупреждал меня, что может стать хуже, что лихорадка может стать непреодолимой. Но здесь? Сейчас? Перепихон может сработать, но никто из нас не будет соображать. Трое из Улья или три Сэтни из Улья могут застать нас, пока он меня трахает и никто из нас об этом не узнает. Никто из нас даже не побеспокоится об этом.

Я должна его успокоить, но секс в пролете. У нас не

было времени оставаться здесь и медлить. Мне нужно думать и думать быстро, или я окажусь прижатой к стене, со спущенными штанами и членом глубоко в моей киске. Я намокла от этой мысли. Черт, я уже была мокрой от того, что пялилась на его задницу.

Кладя оружие на ящик рядом, я подошла к нему и погладила его лицо. Он выдохнул, когда обхватил меня руками.

«Мы не можем трахаться», - выдохнула я, пока он бегал руками по моему телу, даже если я хотела этого настолько, что моя киска болела.

«Нет», - ответил он, прерывисто дыша.

«Поцелуй меня, - сказала я. - Прикоснись ко мне. Я тут. Я с тобой. Все будет хорошо».

Я поднялась на носочки так, чтобы смочь поцеловать его. Дэкс не сопротивлялся, а наоборот с нетерпением встретил мои губы. Его язык тотчас завладел моим, пока его руки странствовали по моему телу; моим бедрам, моей заднице, моим грудям. Было легко погрузиться в поцелуй, потому что ощущение его, его вкус, ошеломляли. Я быстро погружалась, но должна была держать ухо востро. Мне пришлось целовать его со всем накопившимся желанием, которое я ощущала с тех пор, как мы выбрались из кровати, но также я должна была быть той, кто отступит. Дэкс безусловно был главным, когда дело доходило до секса, но теперь, в этот момент, мне нужно взять все на себя.

Отодвигаясь, я прислонилась своим лбом к его. Наше дыхание перемешалось и мы оба тяжело дышали, будто пробежали марафон.

«Лучше?» - прошептала я.

«Мне нравится твой вкус. Твоих губ, твоей киски», – ответил он, его голос грубый.

«Успокой своего зверя, тогда мы сможем вызволить Сэта и убраться нахрен с этого корабля. Когда мы благополучно вернемся в наши апартаменты, ты можешь попробовать всю меня».

Я надеялась, что обещания – а это было обещание – ему хватит.

Дэкс издал рык глубоко из груди: «Лучше, – пробормотал он, затем оттолкнул меня от себя. – Я тебя предупредил, что как только я останусь с тобой наедине и не на вражеском корабле, я собираюсь трахать тебя, пока ты не сможешь нормально ходить».

«Принято к сведению», – сказала я, моя киска сжалась от обещания в его голосе.

«Давай найдем твоего брата и уберемся отсюда».

Пока Дэкс вел меня к ближайшему тоннелю, я бы не смогла сказать лучше.

# 9

экс

Поцелуй Сары успокоил зверя, вызванного кровью Улья на моих руках. Брачная лихорадка пришла так неожиданно и так активно, что я был неспособен ее остановить и не имел способа ее укротить. Я убил трех из Улья, даже не моргнув, но когда я закончил, я увидел Сару стоящей и знал, что она должна быть у меня. Зверь внутри хотел ее с такой силой, что было больно. Я хотел перекинуть ее через один из ящиков и трахать, наполняя снова и снова своей спермой, со зверем, говорящим Саре, что она принадлежит ему. Но не здесь, не сейчас. И не на тюремном корабле Улья.

Я даже не мог трахнуть ее сейчас. Сара знала, что мне необходимо что-то, и поцелуй помог. Просто быть способным к ней прикоснуться, почувствовать, что она прямо здесь со мной, ослабило острую потребность. Если бы она не успокоила меня, не поцеловала меня, я бы не остановил зверя.

Мое дыхание восстановилось, биение сердца снизилось. Теперь я мог быть рядом с Сарой и не навредить ей. Мой разум прояснился от красной дымки желания. Слизывая ее вкус со своих губ, я успокоился. Это было временно, но мы находились на этом корабле не столь продолжительное время.

Когда я вышел на пятый уровень, я повернулся к Саре. Она кивнула и мы вошли. Мы не разговаривали, нам даже не пришлось перекидываться командами. Мы точно знали, что нам нужно делать, доверяя друг другу.

Там были три группы Улья, с которыми мы легко разделались. Хотя датчики вероятно засекли нас, мы не задерживались. Сара нашла контрольную панель и нейтрализовала двери изоляторов.

«Сэт!» – прокричала она, пробегая вниз по центральному коридору в его поисках.

Около дюжины мужчин вышли из разных камер, ее брат был одним из них. Мужчина выглядел изможденным, но целым. Живым. Полностью.

«Это все?» – спросил я. Мужчина осмотрелся, пересчитал поголовно, затем кивнул.

«Кто-то слишком ранен, чтобы выбраться отсюда?»

«Нет. Мы все готовы», – проговорил Сэт и я кивнул. Хорошо.

«Они собирались начать трансформацию, как только бы добрались до ЦИ. Никого из нас не тронули».

Наступило облегчение, что они избежали настоящих ужасов Улья.

Когда Сэт обнял Сару, я приказал остальным людям

собрать оружие Улья, чтобы вооружиться для нашего побега.

«Какого черта ты делаешь с *ним*?» - спросил Сэт, пялясь на меня. Как хорошо, что он еще не имел при себе оружия.

Сара посмотрела на пол, потом на меня: «Я его пара».

Тогда Сэт выхватил один из ионных пистолетов у другого солдата и устремился ко мне: «Ты сделал ее парой? Ты, нахрен, издеваешься? Ты приземлился в середине битвы и из-за тебя меня схватил Улей! А сейчас...» - он пробежался рукой по волосам такого же оттенка, как и у его сестры, - сейчас ты притащил Сару на опасную территорию, на гребаный тюремный корабль Улья? Ты идиот или просто тупой?»

Я почувствовал как конец оружия уперся в мою грудь, и я его за это не винил. Его транспортировали с битвы до того, как я сказал больше, чем *Моя*. Он не слышал, что она была моей парой, что я утвердил ее. Он не знал ничего, кроме того факта, что непреднамеренно испортил их последнюю операцию.

«Сэт, оставь его. Это было моим решением спасти тебя, не его. Он пришел вместе со мной, чтобы защитить».

Сэт размял шею и посмотрел на свою сестру: «Ты издеваешься?»

«Если ты так беспокоишься о Саре, давай поспорим об этом, когда доберемся обратно до Картера, - сказал я. - Но твой гнев должен быть направлен на меня, не на Сару. Ты не повысишь снова свой голос на мою пару».

Он сделал глубокий вдох и выдохнул, но ответил сквозь сжатые зубы: «Согласен».

Кивнув, зная, что у нас одна общая задача - безопасность Сары – я нажал на коммуникатор на своей броне: «Боевой корабль Картер. Ответьте».

Тишина. Я построил запрос. Мужчины переглядывались, нервничая, и как будто меня схватил Улей и меня же спасли, нервничал я, даже чувствовал страх, пока не вернусь живым на корабль Коалиции.

«Транспортная комната на связи. Докладывайте».

Люди расслабились, робкие улыбки показались на их лицах от осознания того, что вскоре они будут не здесь.

«У вас есть наши координаты, вы можете отследить четырнадцать членов Коалиции. Транспортируйте».

«Магнетический шторм, который до этого повлиял на вашу транспортировку, сдвинулся. Никаких транспортировок. Повторяю, никаких транспортировок».

«Надолго?» – спросил я.

Мужчины оглядывались, явно опасаясь Улья, который вскоре появится. Корабль не был ими форсирован; это был тюремный корабль и вражеские противники были, до настоящего момента, за решеткой.

«Неизвестно. Оставайтесь на месте, пока мы с вами не свяжемся. Отбой».

«Альтернативы?» – спросила Сара, как только связь прервалась.

Мужчины думали и предлагали различные варианты, но не одно из них не могло вытащить нас с корабля.

«Мы можем улететь», – предложила Сара.

«Улететь? Этот корабль слишком большой. Помимо этого, – добавил я, – если мы подберемся к кораблю Коалиции, они нас расстреляют».

Один из солдат предложил разумное решение.

«Каждый корабль Улья имеет кабину пилотов с

оперативным эскадроном бойцов. Мы можем использовать один из них», – добавил другой.

«Нас все равно взорвут на вражеском корабле», – добавил я.

«Нет, если мы пролетим мимо магнитных помех, свяжемся с Картером и транспортируется оттуда», – предложил Сэт.

Я посмотрел на Сару, которая внимательно слушала: «Я не могу управлять кораблем Улья. Кто-то может?»

Мужчины покачали головами, но Сэт посмотрел на Сару и состроил гримасу: «Сара может».

Мои глаза округлились, я совершенно не знал об этой способности. Она могла стрелять, надирать задницы, разрабатывать стратегию, *летать*. Что она еще могла?

«Я не смогу управлять одним из этих!»

Сэт положил руки на плечи Сары: «Это как *С-130*».

Я понятия не имел, что такое *С-130*, поэтому пришлось предположить, что это корабль с Земли.

«Ничего общего, – возразила Сара. – Это самолет снабжения. С крыльями и штурвалом».

«Ты пилот?» – спросил я.

Сэт усмехнулся, полностью уверенный в своей сестре: «Она может управлять чем угодно. Ты ее пара, разве тебе не следует об этом знать?»

Сара ударила его по руке: «Он знает меня менее, чем два дня. Заканчивай уже».

Сэт окинул меня мрачным взглядом, но заговорил с одним из своих людей: «Мирс, где кабина пилотов?»

Новобранец – на рукавах его униформы присутствовала только одна лычка – расправил плечи и ответил: «Второй уровень, в корме корабля».

«Мы идем туда, захватим корабль. Если ты не можешь

им управлять, хуже уже не станет, мы стоим здесь в центре карцера», – Сэт посмотрел на мужчин, затем на меня. «Военачальник, у вас здесь самый высший ранг».

«Я больше не член флота Коалиции», – ответил я.

«Тебя выперли?»

«Сэт, оставь в покое Дэкса. Если ты нахрен не заткнешься, я оставлю твою задницу тут. Понял? Он мой. Смирись с этим».

Сара защитила меня. От Сэта. Все это, все что мы делали с первого момента, как я ее увидел, было для того, чтобы спасти драгоценного Сэта. Она стала моей парой, только чтобы выполнить эту задачу. Как только мы сойдем с этого корабля, я выполню перед ней все свои обязательства. Я полагал, что она повернется ко мне спиной и захочет поддерживать брата на все время оставшейся службы. Вместо этого, она защищала *меня* от *него*. Она любила своего брата. Заботилась ли она и обо мне теперь? Эта мысль раздула мое самолюбие, естественно, но это заставило меня *почувствовать* что-то помимо кричащего внутри зверя *Моя*. Это было мое сердце, моя душа, в которой теплилась надежда. Не на то, чтобы трахаться и закончить мою брачную лихорадку, но на то, чтобы удержать пару, потому что мы действительно хотели быть вместе.

Сэт посмотрел так, будто лучше предпочел бы съесть титановые болты, но холодно кивнул своей сестре: «Дэкс, у тебя есть опыт и навыки военачальника. Нам бы пригодился твой вклад».

Я разглядывал ее брата секунду. Должен восхититься его способностью смириться, когда это необходимо: «Я не хочу, чтобы моя пара подвергалась опасности на минуту дольше, чем необходимо; однако, оставаться здесь не очень мудрое решение. Вылет обоснован, если Сара может управлять кораблем».

Глаза Сэта расширились от термина пара, даже учитывая то, что мы ему сказали, и Сара подняла руки, чтобы он мог видеть браслеты на ее запястьях: «Я же говорила». Она немного ему улыбнулась и он закатил глаза.

«Тогда идем», – сказала Сара, делая глубокий вдох.

Я притянул Сару к себе и прошептал ей на ухо: «Ты уверена?»

«Ты сейчас сомневаешься во мне?» - ее брови взлетели вверх.

«Черт, нет. Я ставлю под вопрос план твоего брата. Если ты не думаешь, что сможешь это сделать, мы найдем альтернативный вариант».

Она достаточно напрягла себя и очевидно, что ее брат подбрасывал дров в огонь. Я показал ей, что она может разделить это бремя - даже если это была ее порка - и я не хотел терять прогресс, который сделал, доверие, которое я начал зарабатывать, давя сейчас на нее слишком сильно.

«Я летала в армии, Земной армии. Самолеты и космические корабли даже близко не одинаковые. Я не была астронавтом, но у меня здесь тринадцать человек, которых нужно вытащить с этого корабля. Я проходила некоторые базовые симуляции во время тренировок Коалиции. Я разберусь в этом или умру пытаясь».

«Ты не умрешь. Мы найдем альтернативу», – повторил я. Как она и сказала, было тринадцать человек в этой разношерстной команде. Мы могли бы придумать другой способ или могли удерживать Улей, пока транспортировка не станет возможной.

Она покачала головой и посмотрела мне в глаза: «Нет, Дэкс. Я могу сделать это. Я вытащу нас с этого корабля. Доверься мне».

До того, как я смог поспорить, она начала раздавать приказы: «Трое из вас вперед, трое прикрывайте сзади. Ионные пистолеты настроить на поражение. Давайте сосредоточимся и уберемся к чертовой матери отсюда!»

Мужчины активно принялись за дело, стремясь свалить с корабля, абсолютно доверяя Саре.

Мы последовали за Мирсом и парнями в кабину пилотов. Мы столкнулись с одной группой Улья, но быстро их положили.

Там на площадке находились два одинаковых корабля и Сэт повел нас к ближайшему.

«Дэкс, Сэт, удерживайте Улей пока я не разберусь, как управлять этой консервной банкой», – сказала Сара.

Сэт ухмыльнулся ей на этот Земной термин – я понятия не имел, что это за консервная банка – и стал выкрикивать приказы. Я не собирался прислуживать Сэту, а вместо этого последовал за Сарой. Она была моей ответственностью. Я защищу ее, или, как она сказала, умру, пытаясь. Конечно, Сэт вероятно знал, что я не собираюсь делать что-то, помимо того, чтобы прикрывать свою пару, поэтому не дал мне никакой команды.

Мы были на полпути к посадочному трапу, когда первый гидроакустический взрыв отбросил нас всех на землю. В ушах звенело, я сразу поднялся, взревев. Трое из Улья стояли на противоположной стороне стартовой площадки с еще одним комплектом гидроакустических зарядов в ногах. Они создавали маленький радиус поражения, который мог вывести из строя корабль, или ослаблять корпус, пока лететь станет небезопасно.

Я их атаковал, открывая огонь из ионного пистолета, чтобы убрать первого до того, как добрался до них. Второй рухнул, когда я приблизился, я обернулся и увидел Сэта на коленях, прикрывающим меня. Третий Улей спокойно зарядил свое оружие, будто ничего не существовало, кроме необходимости стрелять из своего оружия по нашему кораблю.

Я задался вопросом, какие мысли пришли ему в голову, когда я отвернул ее в сторону, сворачивая ему шею. Я бы продолжил отрывать его голову с плеч, но Сара закричала всем подниматься на борт, а Сэт и я были последними оставшимися снаружи корабля.

«Давай, военачальник. Погнали!» - крикнул мне Сэт, стреляя через всю стартовую площадку в еще одно трио Улья, которые появились на ее дальней стороне. У меня не было времени их атаковать, а потом возвращаться на корабль, поэтому я присоединился к Сэту и мы поспешили на борт, закрывая за собо шлюз.

Мужчины попадали в коридоре, их энергия истощилась при побеге и короткой битве. Я нашел Мирса: «Где Сара?»

«На месте пилота».

Он поднял руку и указал направление, в котором она ушла. Сэт и я оба сорвались с мест. Я нашел Сару, осматривающей панель управления в кабине пилота. Она была пристегнута в сиденье пилота, с видом ожесточенной сосредоточенности на лице.

«Ну?» - спросил я. Для меня это выглядело как и любая другая панель, но я-то был сухопутным бойцом.

«Панели необычные, больше как в видео игре, чем в кабине пилота, но я справлюсь».

Я не понимал половину того, что она говорила, но

звучало многообещающе. Ерзая в кресле пилота, она возилась с U-образным штурвалом и странными педалями.

«Здесь нет ключа, чтобы завести двигатели», - она нажимала на кнопки, пока не загорелся дисплей.

«Ты сможешь поднять эту штуковину в воздух?» - спросил я.

Она продолжала возиться с дисплеями, щелкая несколькими переключателями, затем сделала глубокий вдох, когда мощные двигатели заработали, вибрируя под нами.

«Пристегнуть ремни!» - прокричала она так, чтобы ее могли слышать оставшиеся в коридоре.

Я оглянулся назад, но никого не увидел. Конечно мужчины знали, что нужно пристегнуться сейчас, когда вибрации систем корабля стали мощными и гремели сквозь пол.

Я сделал, как она сказала, перекидывая ремни через плечи, пока Сара бормотала себе под нос, странное, повторяющееся заклинание, которое я не понимал: «Что ты делаешь?» - спросил я.

«Молюсь», - ответила она.

Мне от этого не полегчало, но у меня не осталось выбора, только довериться ее навыкам. Мне пришлось доверять тому, что если она сказала, что она может полететь на этом корабле, то она может. Мне пришлось все отпустить и довериться Саре. Сейчас главной была она. Все в моем теле кричало перенять руководство, перекинуть ее через плечо и вытащить ее отсюда. Но это примитивный Атланский зверь бушевал внутри, а не здравомыслящий мужчина, который сидел возле нее. Атланский самец никогда не передавал управление в опасной ситуации. Никогда. И я начал понимать, что она дала мне - глубину доверия, которое она мне даровала, идя против своего характера, передавая мне свое тело. Беспомощно сидеть возле нее оказалось одной из самых трудных задач, которые мне когда-то приходилось выполнять.

Ионные взрывы разнесли вдребезги окно пилота белыми вспышками, которые выжгли стекло.

«Улей на четыре часа», - сказала Сара.

«Что?» - спросил я.

Она указала через мое плечо и я понял, что это возможно Земное понятие. Не время, а... что-то еще.

«Две группы Улья здесь», - закричал Сэт, сунув голову в кабину пилота.

Еще один выстрел в стекло.

«Да ну, Шерлок! - сказала Сара, ее голос был напряжен, а глаза сфокусированы на дисплее. - Они пытаются перегрузить энергосистему, вывести корабль из строя».

На панели слева от Сары произошло короткое замыкание, поэтому она потянулась и выключила ее.

«Пригнитесь, я смогу вытащить нас отсюда!» - закричала она, она явно беспокоилась все сильнее.

Взрыв так сильно тряхнул корабль, что я почувствовал, как мои зубы буквально вылетают из челюсти.

«Гидроакустические детонаторы, - Сэт выругался, когда еще один взрыв заставил засигналить несколько предупреждающих лампочек на месте второго пилота. Взрыв звуковой волны мог разорвать наш корабль до того, как мы смогли бы взлететь. - Вот почему сражаться на земле намного лучше».

Я искал панели управления ионными бластерами, чтобы вывести пушки, расположенные по бокам и на носу корабля. Я понятия не имел, на что смотрю. Я чувствовал беспомощность, моему зверю не нравилось это чувство. Мои мускулы начали проявляться, разрывая одежду и становясь больше, пока я боролся, чтобы удержать контроль.

Сара должно быть это почувствовала, потому что позвала меня, ее был голос спокоен. «Дэкс, у нас все нормально. Ты не можешь стать берсерком тут, для этого недостаточно пространства. Так что скажи зверенышу, что ему придётся подождать».

«Господи. Это же долбаная ходячая катастрофа!» – Сэт перешел на мою сторону и нажал несколько кнопок, орудия на носу корабля открыли огонь в общем направлении Улья.

Еще один ионный взрыв и я смог учуять горящие схемы. Еще один проревевший взрыв, затем хлопок. Сработала предупреждающая сигнализация и я попытался выяснить, где ее отключить.

«Сара, вытаскивай нас нахрен отсюда», – заорал Сэт.

«Сэт, скройся с моих глаз, – Сара стиснула зубы. – Это хорошо, что Улей не убил тебя, потому что когда мы вернемся обратно на базу, я сделаю это сама».

Она провозилась еще с несколькими кнопками, затем зашипела и схватилась за бок.

«Готовьтесь через...»

Она нажала желтую кнопку. Двери отсека открылись.

«Боже правый, двери открылись, – пробормотала она. – Три...»

Штурвал легко оттянулся в ее руках.

«Два...»

Ее колени двигались как педали на полу и корабль наклонялся из стороны в сторону. Она нашла правильное положение стоп и корабль выровнялся, отрываясь от пола в пусковом отсеке, готовый ускориться.

«Один!» - она толкнула вперед штурвальную колонку и корабль выскочил из тюремного корабля, будто ракета. Меня вжало в сиденье от силы ускорителей, но я расслабился, осознавая, что мы выбрались. Сара, однако, выругалась как Атланский дебошир, ее движения натянутые и отрывистые, будто она пыталась удержать контроль.

«Сара, можешь успокоиться, мы вне зоны огня».

«Я спокойна, - ответила она, огрызнувшись. Я почувствовал запах ее крови в воздухе и потянулся к ней, но она отмахнулась от меня. - Дай мне минуту. Я еще не закончила».

«Ты ранена».

Она пожала плечами: «Это просто царапина, Дэкс. Оставь меня в покое. Мы все еще не дома. Докладывай, Сэт».

Сэт сидел на станции слежения позади нее, его глаза выискивали вражеские корабли, которые могли нас преследовать: «Вроде чисто. Я не вижу погони».

«Слава богу», - сказала она в тишине, пот катился по ее виску и ее руки дрожали, пока она направляла корабль обратно в пространство Коалиции. Магнетическое поле трясло и болтало корабль несколько минут, и дисплей станции слежения стал зеленым.

Сэт откинулся в сиденье и передернул в воздухе, имитируя член: «Да. Мы скрыты магнетическим полем. У них не получится нас отследить, сестренка! Вот ведь дерьмо! Ты сделала это!»

«Хорошо. Дэкс, ты можешь взять на себя управление. Просто держи прямо, пока мы...» - ее рука упала со штурвала и она схватилась за бок, складываясь пополам со стоном. – Пока мы не уйдем из опасной зоны».

Вместо того, чтобы смотреть в космическое пространство, я смотрел только на Сару: «Я все еще чую твою кровь, пара. Ты потеешь, будто я трахал тебя часами».

Сэт пробурчал на этот комментарий что-то о нежелании знать об интимных подробностях, но я его проигнорировал.

Сара состроила гримасу, но не стала спорить. Что-то было не так. Ее кожа была бледной. Слишком бледной и ее дыхание поверхностное, ее глаза казались стеклянными, будто она смотрела на меня, но не видела.

Я снял ремни и повернулся к ней. Она моргнула несколько раз и посмотрела в моем направлении, но я знал, что она больше не осознает то, что видит.

«Просто царапина, Сара? Ты мне соврала?» – медленно двигаясь, я встал на колени возле нее и впервые хорошо разглядел скрытый от меня бок. Я хотел выпороть ее и обнять одновременно в тот момент, когда я это сделал. Кровь покрывала ее броню и капала на пол от большого куска металла, который торчал из нее. Метал должно быть проткнул ребро, возможно легкое.

«Ты упрямая женщина. Ты истечешь кровью!»

Она посмотрела на свой бок, помещая руку рядом с обломком металла: «Все хорошо, Дэкс. Сейчас уже лучше. Больше не больно», – она ухмыльнулась как маленькая девочка, глупенькая и беззаботная, и я понял, что ей хуже, чем я себе представлял.

«Сэт, возьми управление. Сейчас же! Мирс!» – закричал я в коридор, отстегивая ее ремни. Черт, она сильно ранена и соврала мне об этом. Она истекала кровью и все еще управляла чертовым кораблем Улья. Жертвовала собой, чтобы выиграть для нас еще несколько минут. Умирая ради этих людей. Ради меня.

«Прекрати орать на меня», - ответила она, откидывая голову в сиденье пилота.

«Ты солгала мне», - я просто сходил с ума, а мой зверь рвался наружу. Не из-за желания, а в страхе. Он опасался за нее, беспокоился о нашей паре. Он суетился внутри меня, попеременно скуля и воя, чтобы выбраться, разорвать это корабль, и всех на нем на куски.

«Мне надо было вытащить вас отсюда».

«Ты самая упрямая, сложная, раздражающая, расстраивающая женщина из всех, которых я встречал. Тебе следовало сказать мне насколько сильно ты ранена. Когда это произошло, Сара? Когда?»

«При взрыве, когда мы бежали на корабль, - выдохнула она. - Сейчас лучше. Больше не больно», - повторила она, ее ладонь на моем предплечье. Она оставила кровавый след. Если не было больно, то это означало...

«Сара, ты не оставишь меня», - прошептал я команду и прижался губами к ее, когда Мирс ворвался в маленькую комнату.

«Да, военачальник?» - Мирс всунул голову в кабину пилота, когда я потянул Сару к себе. Сэт сел на сиденье пилота, держа управление именно так, как Сара держала его.

«Сара серьезно ранена. Свяжись с транспортной командой Картера и вытаскивай нас с этого чертового корабля. *Сейчас же*. Она умрет, вы все умрете вместе с ней!» Угроза подействовала. Если я потеряю ее до того, как мы вернемся на боевой корабль, зверь разорвет каждое живое существо на борту на крошечные кусочки и я ничего не смогу сделать, чтобы остановить его.

---

«Чертова самоубийственная миссия. Капитан подвергла ваши жизни опасности своим безрассудным поведением!» – разглагольствовал командир корабля.

«Она спасла двенадцать бойцов Коалиции от Улья и привезла их коммуникаторы с корабля который угнала, – я выпрямился во весь рост, нависая над Приллонским воином, который посмел обижать мою раненую пару. – Больше, чем один человек на этом корабле обязан ей жизнью!»

Командир скрестил руки и покачал головой: «Я знаю. Я займусь людьми и коммуникаторами».

Командир пробормотал последние слова себе под нос, но я имел Атланский слух, зверь ничего не упустил: «Это не означает, что это не было безрассудством».

Если бы я не охранял бессознательное тело моей пары, я бы разбил ему лицо в кровь. Я начал действительно уставать от раздражающих командиров. Первый мой собственный, который засунул меня в программу совпадений, чтобы я не умер, потом Сара, которая отказывалась от помощи в поисках Сэта. Сейчас, вот этот. Я стоял возле аварийной капсулы Сары, наблюдая как доктора водили своими палочками над ее ранами. Я знал, что технологии на этом корабле ее быстро восстановят, но мой зверь не ведал логики или здравого смысла. Я боролся с каждым вздохом, чтобы удерживать темную сторону под контролем, так как моя пара была серьезно ранена и я с этим ничего не мог поделать. Доктора, да, но я? Я не мог защитить ее в этот момент. И сейчас мне приходилось стоять сложа руки, пока ее лечили медицинские системы контроля.

Сэт и его люди использовали коммуникаторы и транспортировали нас на другой корабль, не Картера, тот который не находился в прямой линии магнитного поля. Это произошло за пять минут, мужчины получили помощь, но так было всю мою жизнь. Во флоте Коалиции все имело причину и цель. Поступки имели смысл. Приказы отдавались и им следовали. Каждый воин был сильным и точно знал, чего от него ждут. От нас ожидалось, что мы будем сражаться, истекать кровью, умирать. Каждый воин знал свою роль, как и Сара.

Я посмотрел на свою пару и она показалась мне такой хрупкой, лежа там, такой слабой и совсем не бессмертной. Она не была свирепой женщиной одной из воинственных рас. Нет, она была изящной женщиной с Земли, которая была моей парой, моим сердцем, моей жизнью. Сейчас мне было неважно, что она воин, настолько опытный, что организовала штурм или вела вражеский корабль через магнитное поле. Она была храбрее, чем все, кого я знал, умнее, чем любой военный стратег, и все же ее тело было таким хрупким. Мне было больно от того, что я хотел взять ее на руки и унести из этого места, от этих людей, от шума, постоянной опасности от врага. Годами ничего из этого меня не беспокоило, я считал это своим долгом. Мы воевали с Ульем, так было еще до моего рождения, и вероятно продлится еще надолго даже после того, как меня не станет. Тем не менее я не хотел, чтобы что-то из этого касалось Сары. Никогда больше. Она была слишком красивой, слишком идеальной для того уродства, которое ее сейчас окружало.

За те пять минут я осознал, что я даже и близко не такой сильный, как всегда верил. Мышцы не защитили меня от разбитого сердца, когда я почти потерял Сару. Там, где я был слаб, она была сильной. Два ее брата и ее отец погибли, ее последний родственник был захвачен врагом прямо у нее на глазах. Ее ответом на эту ситуацию стала решимость спасти Сэта. Ее любовь, единожды подаренная, была неумолима в своей силе, отважной и полной упрямой надежды. Ее любовь была единственной вещью, которую я отчаянно желал, но она так хорошо оберегала свое сердце.

И за те пять минут я увидел, что мы та пара, которой придется идти на компромисс. Она давала и давала, а я брал. Настало время мне отдавать и позволить ей быть собой, не вынуждать ее быть слабой женщиной, как нарисовал ее командир, и разумеется во-первых подумать о ней.

Я хотел протянуть руку и коснуться ее, почувствовать ее кожу, убедиться, что она все еще теплая, почувствовать ее пульс, чувствовать ее дыхание, но доктор меня отталкивал с дороги достаточно количество раз. Когда я пригрозил сломать ему ребра, если меня удалят из медицинского центра, он позволил мне остаться, но с условием, чтобы я не мешался ему. Это был разумный компромисс.

Я хотел отшлепать ее задницу так, чтобы она приобрела кричаще розовый оттенок, за то, что навредила себе, но она не сделала ничего безрассудного, чтобы оправдать это мое желание. Я не хотел, чтобы она подвергалась любому виду опасности, но я находился рядом с ней, когда это случилось. Я никак не мог ее защитить, укрыть от разрывающегося внутреннего дисплея или от его обломка, который угодил ей в бок. Кроме как привязать ее к моей кровати, не было другого способа полностью защитить ее от бед. Хотя я уверен, что она станет наслаждаться тем временем, будучи связанной, но вскоре она возненавидит это заключение и меня. Невозможно удержать ее от ее страсти, от ее боевого духа, больше чем я могу. Она была воином, и ничего из того, что я могу сделать, не изменит ее сердца. Это суровый урок, который я усвоил, и к несчастью осознание этого пришло через ее тяжелое ранение.

Как я буду контролировать зверя внутри, когда она подвергала себя опасности, я понятия не имел. Доктор проверил дисплей и подошел к ней с другой стороны: «Я слышал, капитан спасла положение».

Я искал в его лице неискренность, но ничего такого не обнаружил: «Она увела поврежденный вражеский аппарат с тюремного корабля Улья, ускользнула от триады разведчиков Улья, и провезла нас через магнитное поле. Это было не безрассудство, это было спасение».

«Согласен с военачальником, – Сэт присоединился ко мне, встал рядом и наблюдал со сжатой челюстью, как за Сарой ухаживают. – Также как и остальных одиннадцать воинов, чьи жизни она спасла».

«С ней все будет хорошо, – сказал доктор Сэту. Он уже познакомился с ее братом, но Сэта отправили на допрос и он только сейчас наконец вернулся. – Состояние сна поможет исцелить рану. Компьютер говорит два часа и она проснется. А пока я проведу полный осмотр, чтобы удостовериться, что она абсолютно поправилась, хотя у меня нет насчет этого сомнений».

Сэт еще раз посмотрел на сестру, явно удовлетворенный ее состоянием, и повернулся к командиру корабля, на который мы транспортировались.

«Командир, со всем уважением, – сказал Сэт. Он встал лицом к Приллонскому лидеру как капитан. Гордый, высокий. «Все лидеры Коалиции согласились оставить меня и других на смерть. Я бы был солдатом Улья, если бы не она. Так что вы можете идти на хер, если собираетесь отправить ее под трибунал. Ей пришлось столкнуться с идиотскими приказами, связаться с этим большим зверем и позаботиться обо мне. Она Супер-Женщина!»

Я нахмурился и командир также: «Кто?»

Сэт закатил глаза: «Женщина, которая может все это провернуть».

Я попытался скрыть улыбку, правда, потому что все это описывало Сару идеально. Я не знал, кто такая Супер-Женщина, но она была моей Супер-Женщиной. Я поначалу ненавидел Сэта за то, что он стал причиной, по которой Сара подвергла себя опасности, но с каждой минутой он нравился мне все больше.

«Капитан Миллс», – ответил командир, его слова цедились сквозь сжатые зубы.

«Командир?»

«Я не могу наказать вашу сестру, так как она не в армии Коалиции. Она *его* пара и я думаю, что этого наказания вполне достаточно».

Я бы обиделся, но был счастливо привязан к своей маленькой паре. Мне просто нужно подождать еще пару часов до ее пробуждения.

«Что до вас...» – Командир устремился вперед, но Сэт не отступил. Двое мужчин стояли практически нос к носу. Хотя Сара и не могла быть наказана коалицией, Сэта могли отстранить от командования и отправить на каторжные работы до окончания срока службы. Это был приказ командира. Сэт заслужил наказание за свое неподчинение: «Уволен».

Сэт отдал ему честь и удалился.

«А *вы*, – командир повернулся ко мне. – Как только ее вылечат, забирайте свою пару к чертовой матери отсюда. Хватит издеваться надо мной».

Он повернулся на пятках и обошел вокруг доктора, который вернулся, чтобы проверить Сару.

Я улыбнулся своей паре. Ее аппараты были стабильны, даже пикая и доктор был спокоен и доволен ее реакцией на лечение. Я почти растерялся, когда она потеряла сознание при управлении кораблем, не уверенный в том, что делать. Первый раз в своей жизни я ничего не контролировал. У меня не было способа спасти ее. Мускулы этого бы не сделали. Сила ничем не помогла. Отрывание голов ничего бы не решило.

Поэтому я был вынужден ждать. Как только ее вылечат, я выпорю ее за то, что так сильно напугала меня. А потом доставлю ей удовольствие, потому что я обожал смотреть как она кончает от моих пальцев и члена.

# 10

С*ара*

Я открыла глаза и увидела, как Дэкс уставился на меня. Я моргнула раз, затем два, стараясь вспомнить, когда уснула. Я была отдохнувшей и спокойной, хотя чувствовала, будто что-то пропустила.

«Лучше?» – спросил он, глубокая морщина образовалась между его бровей.

«Ощущаю себя... ох!» – я села, с трудом подняв голову.

Я находилась в медицинском блоке с несколькими койками и пациентами без сознания. На мне был халат, не такой как в госпитале на Земле. Ко мне вернулась память: спасение из тюрьмы, корабль, боль в боку, тот обломок металла.

Я положила руки на бок и увидела, что там нет никакого осколка, пробившего мою кожу – по крайней мере халат не было крови. И больше ничего не болело.

«Тебя полностью вылечили», – пробормотал он, затем убрал волосы с моего лица. Они свободно спадали по моей спине.

«Если так работает космическая медицина, то мне нравится, – прокомментировала я, надавливая туда, где бы я почувствовала жгучую боль от прокола. Если бы я находилась на Земле, я бы уже была или мертва или мне понадобились недели, чтобы восстановиться. – Сколько я была в отключке?»

«Два часа в медицинском блоке, плюс еще пять минут без сознания в моих руках, пока твой брат организовывал альтернативную транспортировку».

«И все? Вау!»

Дэкс встал в полный рост и упер руки в бедра: «И все? – прорычал он. Я могла слышать рокот глубоко в его груди. – Пара, ты вообще представляешь, что я пережил за это время?»

До того как я смогла открыть рот, подошел доктор и стал водить надо мной смешной палочкой. Он смотрел на дисплей, затем потянулся и нажал на кнопку на стене позади меня.

«Вы можете идти».

«Я?» – спросила я, абсолютно потрясенная тем, что меня ранило куском космического корабля менее трех часов назад, а сейчас я была в порядке.

«Да, – ответил он. – Вас полностью излечили, вам разрешено покинуть медицинский этаж».

Перекинув ноги через край койки, я спрыгнула с нее, мои босые ступни приземлились на холодный пол. Я обернулась и прикрыла свою высунувшуюся голую задницу.

«Ей разрешены *все* виды активности, доктор?» - спросил Дэкс.

Я покраснела, потому что знала про какие именно виды активности он говорил.

Он откашлялся: «Да, *все*».

Дэкс наклонился и до того, как я поняла, что происходит, его плечо прижалось к моему животу и он закинул меня на свое плечо. Я положила ладони ему на поясницу для баланса.

«Дэкс!» - закричала я.

Он развернулся на пятках и практически рванул к выходу.

«У меня торчит филейная часть!» - я чувствовала холодный воздух и знала, что *каждый* может видеть *все*.

Он остановился, схватился за мой халат и стянул его части вместе, оставляя одну руку на моей попке. Я была благодарна за то, что он собственник, потому что мы уже находились в коридоре, пока я могла подумать о чем-то еще.

«Куда мы?» - спросила я, наблюдая как пол изменяется с зеленого цвета на оранжевый, единственное, что я могла сказать со стороны своего ракурса, что мы покинули медицинскую станцию и вошли на территорию жилых апартаментов корабля.

«В наши апартаменты».

«Погоди, как остальные? С ними все хорошо? - спросила я. - Дэкс, поставь меня. Я не могу говорить, пока пялюсь на твою задницу».

Я шлепнула по ней кулаками.

«Все целы».

«И Сэт?» - я затаила дыхание, пока ждала от него ответа.

«Цел».

Тогда я повисла, расслабившись.

«Отнеси меня к нему. Пожалуйста», - добавила я.

Дэкс остановился на пересечении двух коридоров: «Хорошо».

Он повернулся и пошел вниз по длинному коридору к двери. Опустив меня, он обнял меня за талию, нажимая кнопку, которая на Земле называлась бы дверным звонком.

Я потянула халат: «Ты мог по крайней мере дать мне переодеться до того, как вытащил оттуда. Ты действительно пещерный человек», - проворчала я.

«Подожди пока мы вернемся в наши апартаменты, - он многозначительно на меня посмотрел. - Тогда ты увидишь, какой я по-настоящему пещерный человек».

Дверь открылась, передо мной стоял Сэт, целый и невредимый. Также явно злой на Дэкса, потому что не мог не услышать того, что тот собирается со мной сделать.

Чтобы предотвратить любые словесные перепалки, я потянула Сэта для объятий. Я была рада снова обнять его, знать, что он цел и невредим и... что? Я любила его. Он мой брат, и я присматривала за ним, прислушивалась к нему, и ненавидела его, когда он командовал. Но...

Я отступила и посмотрела назад на Дэкса. Он нависал - не было другого слова, чтобы описать его размер снаружи двери - ожидая меня. Он справится с раздражающим поведением Сэта, потому что я его пара. Блин, казалось, он сделает *все* для меня. Он направился на тюремный корабль Улья, чтобы спасти человека, который терпеть его не мог.

Теперь Дэкс был для меня главным, не Сэт. Он был единственным, чьих объятий я желала. Единственным, о котором я беспокоилась, не то чтобы я не переживала о Сэте, но *это*, это было по-другому. Я была другой. Я использовала Дэкса для своей цели, чтобы вернуть Сэта. Я заключила с ним сделку и он выполнил свое обещание.

«Не могу поверить, что ты стала парой этого Халка, – пробурчал Сэт. – Ты хоть представляешь во что ввязалась? Я не смогу спасти тебя на этот раз, сестренка».

Мой рот открылся и уставилась на своего брата с широко открытыми глазами. Затем они сузились, когда, я клянусь, мое давление подскочило до крайней точки. Я шагнула к нему и ткнула пальцем ему в грудь.

«Спасти меня? Ты, мать твою, издеваешься? Когда это ты меня спасал?» – закричала я.

Дэкс вошел в комнату Сэта и дверь закрылась.

Сэт теперь выглядел неловко, проводя рукой по волосам: «От Томми Дженкинса в пятом классе, когда он хотел заглянуть тебе под юбку. От Фрэнки Гродина, когда он просто хотел взять тебя на выпускной в старшей школе и ты могла стать еще одной зарубкой на столбике его кровати. От того придурка сержанта, который заставил делать тебя дополнительные отжимания».

«Во-первых, Томми Дженкинс связался со мной, когда мне было десять, и я ударила его в нос. Фрэнки Гродин горько разочаровался, когда Кэрри и Линн сфоткали его с членом наружу, и разослали мэйлы всему старшему классу. Что до придурка сержанта, он заставил меня делать те самые отжимания, потому что ты продолжал приходить проведывать меня. Что касается спасения, кто ты думаешь спас твою задницу от Улья, старший брат?»

Я скрестила руки на груди, не беспокоясь о том, что спина халата открыта и Дэкс мог легко видеть мой зад.

Сэт становился краснее и краснее на протяжении моей тирады и показал на Дэкса. «Он приземлился посреди той битвы и из-за него меня похитили!»

«Да, но это было случайно. Каждого из ребят могли забрать. Черт, тебя могли захватить при любой другой битве, в которых мы участвовали. Так какого черта ты злишься на него, когда он пришел и спас тебя?»

«Потому что он позволил тебе идти с ним!»

«Так он должен был пробраться и спасти тебя в одиночку?»

Мы сейчас кричали друг на друга и я взглянула на Дэкса, он прислонился к стене с улыбкой на лице. На этот раз он не вмешивался.

«Он затянул тебя во все это дерьмо первым, со всеми этими бреднями про пар и невест», – Сэт махнул рукой в воздухе, как будто не мог понять как точно это все назвать.

«Так то, что мы совпали, причина всего того, что произошло? Господи, Сэт, ты тупица. Если ты хочешь кого-то обвинить, тогда доберись в Майами до Надзирателя Морды, потому что она направила меня на тестирование в программе невест, вместо вводного инструктажа для Коалиции, по ошибке. Знаешь что, вы бы идеально подошли друг другу!»

Я покачала головой и выдохнула накопившийся воздух. Краем глаза, я заметила как напрягся Дэкс. Дерьмо, те слова возможно вывели его из себя.

Плечи Сэта опустились: «Я просто хочу, чтобы ты

была в безопасности. Так как Криса и Джона больше нет, все это свалилось на меня».

Я покачала головой: «Нет, это сваливается на Дэкса».

Я подошла к Дэксу и обняла его, прижимаясь щекой к его груди.

«Я вижу твою голую задницу, если что», – пробурчал Сэт, отвернувшись в сторону, явно избегая смотреть туда.

Рука Дэкса мигом опустилась на мою поясницу и сжало две полы моего халата вместе.

«Теперь я вижу его руку на твоей заднице».

«Господи, Сэт, – пожаловалась я, потом проигнорировала его. Я упивалась Дэксом, его запахом, биением его сердца возле моего уха, даже с его ладонью на моей заднице. – Все это помогло мне увидеть, что я жила свою жизнь в твоей тени, выполняя завещание отца. Я даже пошла в армию, пытаясь сделать отца счастливее, из-за тебя, Джогна и Криса».

Он посмотрел на меня в полном удивлении: «Что? Я думал, ты так хотела».

«Что, ходить на каратэ в десять, пока остальные занимаются балетом? *Вот* почему я ударила в нос Томми Дженкинса, потому что я знала, как бить кулаком! – я сделала паузу, потом продолжила. – Послушай, Сэт, я люблю тебя. Я рада, что ты делал все то для меня, с Крисом и Джоном, но я всегда жила, пытаясь найти чего хочу *я*».

Сэт потянул себя за ухо: «И что же это?»

«Дэкс».

Я почувствовала, как Дэкс напрягся, потом расслабился. Он развернул меня так, что я оказалась лицом к Сэту, его руки у меня на плечах. Я не могла больше его видеть, но я знала, что он в буквальном смысле прикрывал мою спину. Сомневаюсь, что он знал этот Земной термин, но настоящий жест говорил об этом.

«Серьезно?» - спросил Сэт, медленно качая головой.

«Серьезно. Я собираюсь на Атлан, как только закончится его брачная лихорадка».

«Да?»

Оба мужчины задали один и тот же вопрос одновременно.

«Да, -я была настроена. И чувствовала себя хорошо от этой мысли. - Мне не нужно находиться рядом с тобой, чтобы ты знал, что я тебя люблю, а Дэксу нужно».

Я ощутила рык своей спиной.

Сэт махнул рукой, показывая: «Иди, Сара. Все что я всегда хотел для тебя это безопасность и счастье. Это все, что мы хотели все вместе. Живи счастливо как никогда и наделай десять детей с... - Сэт с минуту рассматривал Дэкса, взвешивая свои последующие слова аккуратно, когда я сжала ладонь в кулак, готовая ударить его в лицо, если он оскорбит мою пару еще хоть раз. - С этим огромным воином, который, я уверен, умрет, чтобы защитить тебя».

Сэт протянул свою руку Дэксу, который выглядел смущенным.

«Сделаю», - глубокая, прогремевшая клятва Дэкса, заставила мою киску сжаться под халатом и я услышала, как Дэкс сделал глубокий вдох, обращая внимания на запах моего возбуждения. Он зарычал, притягивая меня ближе. Мой брат молчаливо стоял с протянутой рукой, предлагая перемирие.

«Пожми ему руку, Дэкс», - я потянула ладонь Дэкса вперед и поместила ее в ладонь Сэта, так чтобы мой брат смог ее пожать. Тогда я улыбнулась, довольная тем, что Сэт все понял. Может, он тоже находился в поисках пары.

Улыбаясь, я задвигала бровями, смотря на своего брата, намекая: «Знаешь, ты теперь капитан».

«Знаю» - он отпустил руку Дэкса и посмотрел смущенно.

«Ты можешь запросить себе пару при помощи программы невест. Она будет для тебя идеальной во всех аспектах, твое идеальное совпадение».

Сэт разразился смехом и я ухмыльнулась, неожиданно взволнованная этой идеей. Сэт покачал головой: «Не думаю».

«Что, боишься, что тебе достанется скользкая, мерзкая, зеленая инопланетная жена? – я покачала головой. – Нет. Они тестируют тебя, Сэт. Подцепляют к твоему мозгу сенсоры и проигрывают церемонии пар внутри твоей головы, пока ты настолько возбужден, что тебе кажется ты сойдешь с ума. Но они подбирают тебе пару, у которой те же самые заскоки в голове, как и у тебя».

Сэт перевел взгляд от меня на Дэкса, затем обратно: «Так ты хотела большого и пугающего, а?»

Дэкс зарычал на него, предупреждая, но я откинула голову назад и рассмеялась, когда радость наполнила меня: «Да. Похоже на то, - я погладила Сэта по щеке и улыбнулась. - Теперь, если ты нас извинишь, мне нужно позаботиться о моем космическом пришельце, так как у него лихорадка...»

Сэт застонал: «Господи, сестричка, мне не нужно знать всего этого дерьма. Слишком много информации! – он подошел к двери и открыл ее. - Иди. Исцели его. Что угодно, но не у меня на глазах».

Тогда Дэкс вышел вперед, и еще раз протянул руку моему брату как предложение дружбы, которое меня удивило: «Я забираю мою пару на Атлан, Сэт. Тебе будут рады в нашем доме в любое время».

Сэт уставился на протянутую руку, затем схватил Дэкса за предплечье в рукопожатии между воинами: «Позаботься о ней».

«Я это и намереваюсь сделать, начав с хорошей порки за то, что она соврала мне о своем ранении, потом... ну, потом...»

Сэт отпустил руку Дэкса, пока мой рот открылся от удивления на слова Дэкса. Он собирается сделать что?

«Снова, брат, слишком много информации», – Сэт покачал головой, ухмыляясь, когда я с трудом моргнула, пытаясь переварить то, что только что сказал Дэкс.

«Ты *не* отшлепаешь меня, – взвизгнула я с горящими щеками. – Я спасла тебе жизнь, Дэкс. Я спасла нас всех. Если бы я сказала тебе насколько сильно я ранена, ты бы не позволил мне лететь. Ты бы вытянул меня из сиденья пилота».

Дэкс меня прервал: «И нашел бы кого-то еще, чтобы держать управление, пока ты до смерти не истекла кровью. Ты рисковала своей жизнью без причины, Сара. Ты солгала мне, чтобы это сделать. Я сделаю твою задницу ярко красной, чтобы это не повторялось».

«Абсолютно точно, – сказал Сэт, надевая лицо брата-защитника. – Ты до чертиков напугала меня тоже, Сара».

Он кивнул Дэксу: «Добавь ей и от меня».

Дэкс поднял бровь, но тут же согласился: «Сделаю», – он потянул меня назад за дверь.

Перед тем как она закрылась, Сэт сказал: «Военачальник, если ты ее обидишь, я выслежу тебя и убью».

Дэкс потер большими пальцами мои плечи: «На меньшее я и не рассчитывал».

---

Дэкс

Несколько часов спустя я стоял на балконе нашего нового дома рядом с моей парой и вдыхал ароматы и запахи Атлана. Прошло десять лет с тех пор, как я последний раз смотрел на зеленые холмы, высоченные деревья с широкими фиолетовыми и зелеными листьями, разные цветы, что росли вдоль улиц, такие изящные, как стеклянная мозаика, их прозрачные лепестки переливались под светом нашей звезды как миллион мерцающих огней.

Возле меня Сара выглядела захватывающе прекрасно в платье из лучшей ткани, которую можно было найти в этом секторе. Золотистое, оно спадало с ее плеч и формировалось на пике ее груди. Оно идеально подходило ее изгибам, по бедрам, и блестящей волной падало, раскачиваясь возле ее лодыжек. Я завел руки ей за затылок и застегнул на ее шее большой кулон, продолговатый с золотой гравировкой, как и наши браслеты, с обозначениями моей семейной линии.

Мы прибыли при помощи транспортировки, все еще одетые в броню Коалиции, бывший ранг Сары как капитана на весь экран – приветствие от сената Атлана. Ахи и любопытные взгляды начались тут же, и я знал, что даже до того, как наши сообщения начали светиться в жилых помещениях внизу, моя невеста станет здесь знаменитестью, уникальной и таинственной женщиной, которая сражалась рядом со своей парой, женщиной воином. Атлан возможно никогда не оправится от этого.

Она сжала кулон на груди и закружилась, смеясь. Я никогда ее еще не видел такой легкой и беззаботной: «Я чувствую себя как Белль из *Красавицы и Чудовища*».

Я нахмурился: «Я не понимаю, что это значит, пара».

Она остановилась и улыбнулась мне: «Не важно. Я счастлива. Я никогда не чувствовала себя так раньше».

«Как?»

«Красивой. Мягкой, - она закружилась снова, наблюдая как юбка поднялась как купол вокруг ее колен. Ее волосы распущены, темные волны спадали с ее плеч. - Я ощущаю себя принцессой. И мы живем в замке. Боже, Дэкс. Ты богат, или что? Это место абсурдное!»

Сара улыбнулась и забросила руки вокруг моей шеи, поднимая лицо для поцелуя, который я с большим желанием ей отдал. Когда она стала задыхаться от желания, когда я почувствовал сладкий запах ее возбуждения, я поставил ее обратно на землю и посмотрел вниз на женщину, которая вот-вот станет моей во всех смыслах.

«Богатство здесь не имеет никакого отношения. Я Атланский военачальник, а ты моя пара».

Настала ее очередь хмуриться: «Я не понимаю».

Я провел по ее скуле большим пальцем, просто радуясь ее счастью, свету беззаботности в ее глазах, который я ранее не видел: «Не много Атланов возвращаются с войны. Большинство казнят, когда они входят в режим берсерка в битве. Те, кто контролирует своих зверей, кто достаточно силен, чтобы вернуться, награждаются богатством, землей, замками, - я указал на массивное строение, окружавшее нас. Дом был больше, чем мы нуждались, с почти пятьюдесятью комнатами и всем обслуживающим персоналом для любой нашей потребности. Я провел по ее нижней губе, мой член становился тверже с каждой секундой. – Я счастлив тебя обеспечивать, принцесса».

Она осмотрела меня, мой официальный наряд отставного военачальника, плотные линии куртки, которая не скрывала мои массивные грудь или плечи, куртка была сделана так, чтобы видны были мои яркие парные браслеты, которые окружали мои запястья, что означало что я ее навсегда. Ее улыбка исчезла и мрачный, грустный взгляд украл радость из ее глаз.

«Что мы собираемся делать теперь, Дэкс? Я не знаю, что делать, если я не сражаюсь. Я чувствую себя бесполезной, как побрякушка, поставленная на камин и оставленная пылиться. Хорошие люди там сражаются и умирают, а я кружусь как идиотка. Я не знаю как быть такой, – она показала на свое платье и снова посмотрела на меня. – Я не принцесса, Дэкс. Я не знаю как это делать, как быть счастливой, когда я чувствую, что все еще должна драться. Когда хорошие ребята все еще там умирают».

«Они сражаются, чтобы дать тебе эту жизнь. Они сражаются, чтобы остальные могли жить полной жизнью, также как и ты делала это для остальных с коалицией, и на Земле. Я покинул Атлан много лет назад. Мы просто должны понять это вместе».

Я сорвал свою куртку и бросил ее на пол. Моя рубашка последовала за ней. Когда я остался голым по пояс, когда я смог почувствовать ее своей обнаженной плотью, я притянул ее ближе, ухом к моему бьющемуся сердцу: «Мы не станем бездействовать, пара. Сенат попросит нас принять участие во многих событиях, выступать как амбассадоры для тех, кто думает о том, чтобы присоединиться к флоту. Нас будут спрашивать и расспрашивать многие. С нами будут консультироваться по вопросам политики и войны. Мы будем учить остальных как выживать в их предстоящих битвах, и у нас будут дети, пара. Я хочу, чтобы мой ребенок вырос в твоей утробе. Я хочу полный дом шумных мальчиков и несносных девочек. Я хочу пробраться в кладовую и трахать тебя, спиной к стене, и схоронить крики твоего удовольствие в моих поцелуях, чтобы дети не услышали нас».

Ее плечи затряслись, когда она рассмеялась: «Ты такой озабоченный, Дэкс».

Я опустил свои руки на ее спину и расстегнул платье, позволяя мягкой ткани упасть к ее ногам. Я знал, что на ней надето, тонкий кусок обтягивающей ткани, который не остановит меня от того, чтобы ее отшлепать, трахнуть, утвердить.

Я поднял ее на руки и пошел назад в наши покои, опускаясь на край кровати с ней на вместе. Она лежала тихая и довольная, ее тепло как бальзам для моих чувств. Я никогда не представлял возможным, что буду здесь вместе с ней, в нашем доме.

Тем не менее, урок, который нужно выучить, все еще оставался.

Поднимая ее голову за подбородок пальцем, я поцеловал ее, пока она не растаяла, пока ее возбуждение не просочилось сквозь тонкий пеньюар, в котором она была, а ее соски не стали твердыми под моими исследующими руками.

Когда она стала нежной и сговорчивой, я ее перевернул так, что ее живот оказался прижат к моим ляжкам, ее голова висела вниз, а ее задница поднялась в воздухе для хорошей порки.

«Дэкс! Что ты делаешь?» – она извивалась, но я удерживал ее одной сильной рукой.

«Ты соврала мне, Сара. Я обещал тебе порку. Уже давно пора это сделать, так как нас транспортировали в спешке».

«Дэкс. Нет. Ты не можешь говорить серьезно. Мне пришлось...»

Моя твердая ладонь опустилась на ее задницу, прерывая ее аргумент. Она закричала, не от боли, а от возмущения, и я ударил снова, на этот раз сильнее, заставляя ладонь жалить от силы удара: «Нет, пара. Ты не будешь врать мне. Никогда. Ты будешь говорить правду. Ты научишься доверять мне».

*Шлепок!*

Она брыкалась, пока я продолжал: «Если бы ты доверяла мне, я бы тебе помог. Я мог поухаживать за твоей раной, взять на себя управление аппаратом, подготовив для тебя аптечку».

*Шлепок!*

«Вместо этого, ты украла мое право, как твоей пары, позаботиться о тебе. Ты подвергла себя опасности, людей, ради которых мы рисковали жизнями, и меня. Ты мне соврала».

*Шлепок!*

«Никогда больше не лги».

Она оттолкнулась от меня, но она была маленькой, ее руки недостаточно длинные, чтобы достать до пола. С рыком я разорвал на ней прозрачную ткань, тонкий материал порвался у меня в руках как бумага, когда я оголил ее для себя и стал шлепать снова и снова.

Царило молчание, нарушаемое только звуками моих ударов по ее голой заднице. Она не кричала, не спорила, и не молила о снисхождении. Я бил, пока ее задница не стала ярко красной, пока я не услышал от нее то, что хотел услышать.

«Прости, Дэкс, - ее голос был стоном раскаяния. - Мне не следовало тебе врать. Следовало сказать тебе правду и довериться, чтобы ты помог. Прости. Я не хотела тебя напугать. Я честно не понимала».

«Не понимала что?»

«Насколько ты заботишься обо мне».

От ее слов мое желание продолжать наказание улетучилось и я положил руку на ее нежную кожу, гладя ее, в необходимости прикасаться к ней, знать, что она в безопасности и цела и моя, пока она лежала и принимала мои прикосновения: «Ты моя жизнь, Сара. Ты все для меня».

Не желая ждать ответ на свое признание, быть разочарованным отсутствием чувств ко мне, я потянулся направо и нашел маленькую коробочку именно там, где ее и оставил на кровати. Удерживая ее на месте ладонью на ее пояснице, я вытащил прибор с его места и достал смазку, которая мне понадобится, чтобы доставить ей удовольствие. Я заставлю ее кончать, пока она не перестанет думать о других, пока не перестанет задумываться о другой жизни. В конце концов, она меня полюбит. Сейчас, она здесь, голая. Моя. Этого достаточно.

«Не двигайся, - я едва узнал рык своего голоса, понимая, что зверь не отступит, не в этот раз. - Ты моя!»

«Дэкс? Что ты...»

Со стремительностью и точностью, рожденными от желания, я поместил смазку и пробку в ее тугую задницу; вид переключателя прибора, торчащего из ее задницы, заставил меня рычать.

«Моя».

Это было единственное слово, которое я способен был произнести в тот момент, моя голова наполнена другим, потребностью трахнуть ее, утвердить ее, трахнуть ее снова. Мне нужен был запах ее киски, покрывающий мой член, мне нужны были крики ее удовольствия в моих ушах, мне нужно было нежное чувство ее послушного тела под моими ладонями и мой аромат единения, въедающийся в ее кожу.

«Я может и твоя, но почему ты засунул эту штуку мне в задницу?» – она завертелась и это только сделало мой член тверже.

«Эта *штука*, чтобы доставить тебе удовольствие. Запомни, это моя работа наказывать тебя, но также и доставлять удовольствие».

Я раздвинул ее ягодицы, осматривая расположение прибора наслаждения, а заодно и ее блестящие, мокрые складки ее розовой киски. Она промокла насквозь; аромат призвал зверя во мне, аромат, который я не мог игнорировать.

«Мне не нужно, чтобы ты что-то помещал... *туда*».

Я шлепнул нежно один раз по ее уже розовой попке: «Нет, нужно. В последний раз тебе понравилось. Помнишь, мы пара и я знаю чего ты хочешь. Тебе *нужно* это и я это тебе дам, – я нажал на основание пробки и у нее перехватило дыхание. – Тебе понравится».

Одним быстрым движением я поднял ее бедра,

повернул ее тело так, чтобы ее живот прижался ко мне, и поднес ее киску к своим жаждущим губам. Она закричала, ее ноги барахтались секунду перед тем, как ее колени остановились на моих плечах, но я проигнорировал звук, отчаянно желая попробовать ее снова, трахнуть ее лоно своим языком.

Вторгаясь в ее тело, я остался рад трансформации, которая, я почувствовал, произошла во мне. Мои мышечные клетки взорвались и преобразовались, стали больше, сильнее. Мои десна обнажились и я почувствовал жесткие кончики своих зубов, когда я облизал ее киску от начала до конца, крутя тонким кончиком языка по ее клитору и вокруг, снова и снова, пока ее ляжки не напряглись возле моего лица и она заскулила, опираясь на меня трясущимися руками.

Сося ее клитор, я зарычал, низко и глубоко. Громко. Так громко, что вибрации этого рыка вероятно можно было почувствовать вдоль длинного коридора, а отзвуки ударили по клитору как взрывная волна, вынуждая ее переступить черту.

Скулящие звуки, издаваемые Сарой, порадовали меня, пока ее киска пульсировала от освобождения. Я глубоко засунул язык, пережидая шторм оргазма, лаская ее внутренние стенки жестко и быстро, вытягивая ее удовольствие.

Когда все было кончено, я встал, перевернул ее тело в своих руках по кругу, чтобы ее губы встретились с моими, ее груди столкнулись с моей грудью, ее узкая, мокрая киска находилась в сантиметрах от моего огромного члена.

Она вернулась назад с дрожью и оглядела меня, начиная с выпирающих плеч и к переходя к вытянутым чертам лица, которые сейчас были заметны. Я ожидал страха, шока, отвращения. Но ее глаза просто расширились и она попыталась вдохнуть: «Черт возьми, ты горяч, Дэкс!»

«Когда эта ночь закончится, ты станешь моей. Мы будем связаны, соединены, спаяны. И лихорадка пройдет, а все что останется это ты и я. Ты станешь моей навсегда, Сара. Я никогда тебя не отпущу».

Ее глаза загорелись от моих собственнических слов и я наблюдал как дрожь пробежала по ее телу. Я трясся от необходимости выпустить зверя. Возможно, она это чувствовала, так как вызывающе подняла свой подбородок.

«Сделай меня своей, Дэкс. Ты все еще сдерживаешься».

Капля пота упала с моего лба на ее грудь и я наклонился, чтобы слизать ее, прослеживая ее дорожку между декольте перед тем, как вернуться точно так же к шее. Я покусывал там, удерживая ее в своих руках, хотя она ерзала, чтобы придвинуться поближе.

«Я не хочу причинить тебе боль, – признался я. – Я не знаю, что сделает зверь».

Он оставался на коротком поводке, натягивая и дёргая его, чтобы освободиться, готовый жестко трахнуть ее.

«Ты никогда не навредишь мне», –она отклонила голову назад, даря мне – нет, даря моему зверю ее открытую шею, ее доверие.

Я покачал головой и зажмурился. Порка это одно, но я никогда не давал зверю полную свободу действий раньше – Ты не можешь быть уверена».

«Дэкс, – прошептала она, затем подождала пока я

открою глаза. - Я могу быть уверена. Ты не сделаешь мне больно. Твой зверь, он тоже мне не навредит. Мы пара, помнишь? *Ты* можешь знать, что мне действительно нравится пробка в заднице».

Ее щеки запылали ярко розовым от ее признания.

«Но *я* знаю, что ты *никогда* не навредишь мне, - она сглотнула, облизала губы, затем продолжила. - Я хочу этого. Я хочу тебя. Я хочу вас обоих. Выпусти его, Дэкс. Я хочу познакомиться с твоим зверем».

Это было последняя капля. С этими словами я сорвался, зверь вырвался наружу и я взревел. Мой член набух и пульсировал, становясь еще толще, готовый ее заполнить. Я почувствовал как мои мышцы снова задвигались, мое тело увеличивалось с мучительной болью. Острые зубы укололи нижнюю губу и я ощутил, как мои руки искривляются под углом так, чтобы я мог лучше ее хватать, удерживать на месте, когда возьму ее. Она никак не сбежит.

«Дэкс», - дрожащие пальцы прошлись по резким углам моего лица, но зверь не чуял страх, что было благом. Я был за гранью того состояния, где мог успокоить ее или облегчить сомнения. Теперь мой зверь командовал полностью и у него был один единственный ответ на все.

«Моя».

Она закрутилась в моих руках, потянувшись вверх, чтобы поцеловать меня: «Да. Я твоя».

Зверь зарычал, но ему понравился ее ответ, как и легкое касание ее губ к моим. Я прошел вперед не говоря ни слова, относя ее к мягкой стене, где я знал, что могу взять ее как хотел, не навредив ей. Зверь всегда трахался стоя, никогда не ложился, и никогда не терял бдительности. Это был Атланский способ и комната была для этого подготовлена.

«Моя».

«Да», - ее спина ударилась о стену и я раздвинул половинки ее задницы шире, растягивая ее мокрую киску достаточно широко над головкой моего члена.

«Моя».

Я проткнул ее возле стены одним сильным, быстрым толчком. Она была такой горячей, такой мокрой, такой чертовски узкой, что я почти взорвался, пробка в ее заднице терлась об основание моего члена с каждым движением. Мое существование сузилось до нее: ее глаз, ее запаха, ее нежных криков и еще более нежной кожи. Мокрая киска ждала, чтобы принять мое семя.

«Моя».

«О, боже!» - ее слова не понравились моему зверю. Только я сейчас для нее единственный бог.

«*Моя!*» - зверь вошел жестче, его рык ожесточенный и непреклонный, когда я хоронил свой член настолько глубоко в ее киске насколько мог добраться. Удерживая ее на месте своим телом, я поднял ее руки над головой и прицепил браслеты к магнитным замкам над ней. Она попыталась опустить руки, затем задохнулась, когда я поднял ее ноги и стал погружаться в нее снова и снова, поднимая ее бедра выше с каждым толчком.

Я не отступил после ее первого оргазма, трахая ее сильнее и быстрее, пока она стонала и скулила передо мной. Я мог делать это часами, и буду, пока мой зверь не удовлетворится. Я жестко трахал ее, ее колени были перекинуты через мои локти, так что я мог держать ее ноги раздвинутыми, широко раскрытыми. С каждым толчком моего члена ее груди качались и танцевали только для меня. Ее глаза закрылись, напряженные линии экстаза испещрили ее лицо, когда она снова кончила, ее киска сжалась на моем члене как тиски. Вид был завораживающим и я понимал, что я буду убивать, чтобы защитить ее. Моя верность принадлежала только ей одной, не королю или стране, никакой другой планете или семейному роду. Я принадлежал ей. Только Саре: «*Моя*».

Сара снова закричала от удовольствия, а мой зверь взревел от радости. Это будет длинная ночь и Сара полюбит каждую ее минуту. Мы сейчас будем по-настоящему соединены, в глубине души. Природа взяла свое и начала процесс соединения, запах моих феромонов наполнил воздух вокруг нас и я притянул ее голову ближе к моей коже, удостоверяясь, что она вдохнула мой запах, помечая ее плоть, нюхая ее, делая ее наконец моей. Зверь заревел в знак согласия, когда она укусила мою грудь.

# 11

C*ара*

С руками пристегнутыми над моей головой, гигант, которого я едва узнавала, брал меня, спиной к стене, сильный запах мускуса и мужчины захватили мои чувства, пока я не опьянела от аромата его похоти, его плоти. Он притянул мою голову близко к своей груди и я терлась о нее щекой, стремясь насладиться призывом своей пары. Он пах лучше, чем любой одеколон. Он пах яростью и властью, безопасностью и моим мужчиной. Я укусила его за грудь, достаточно сильно, чтобы ублажить свою собственную необходимость пометить его, утвердить его как он меня. И черта с два, он меня поглотит!

Когда я услышала рык, я знала, что он мой. *Знала*. Тот факт, что он держался так долго, был доказательством его силы, даже несмотря на его зверя, но больше нет. Он был моим. Его *зверь* был моим.

Да, зверь. Однажды это слово напугало меня до чертиков, эй алё? Зверь? Когда рык практически вытряс из меня оргазм, я знала, что он больше не на привязи.

Он вошел в меня и я была в восторге от этого, толстый ствол, который заполнил меня, нечеловеческая сила, которая удерживала меня прикованной для его утверждения, пока он входил снова и снова, глубже и глубже, пока я не почувствовала, будто он добрался до моей души, пока не поняла, что никогда его оттуда не вытащу.

Я гадала, что каким будет этот момент. Будет он похож на бешеную собаку с пеной во рту? Будет он как те животные оборотни, о которых я читала в романах? Сойдет ли он с ума и покалечит меня?

Он остановил свой таз напротив моего клитора и я застонала от желания. Нет. Он никогда не причинит мне вреда. Знание разливалось в груди, даже когда он держал мои ноги раздвинутыми и погружался в мое лоно, глубоко и жестко, его кожа терлась о мою, его запах распространялся по всему моему телу. Так он был больше, его мускулы практически разрывали его кожу. Он казался нереальным, как герой из комикса с набухшими мышцами и резкими чертами лица, будто оно тоже растянулось. Его зубы стали длиннее, как у настоящего хищника, способного разорвать мне глотку также легко, как он сейчас пробовал меня на вкус, вместо этого его губы и его язык исследовали меня, заставляя трястись.

Эта его сторона сделала его более мужественным, более похожим на самца, еще больше Дэксом, чем когда-либо. По тому, как он смотрел на меня, я знала, он меня хочет. Хотя его зверь мог хотеть мое тело, я могла видеть в нем намеки на Дэкса тоже, и он хотел *меня*. Мы трахались, нет, мы занимались любовью раньше, мы показывали друг другу при помощи прикосновений, как сильно мы нуждаемся в друг друге, при помощи ощущений, удовольствия, но он всегда держал себя под контролем, скрывая меня эту сторону его природы. Но больше нет. Сейчас я получу лучшее из обеих сторон Дэкса. Его осторожную, нежную сторону и... эту, его дикую сторону.

Дэкс все еще имел контроль, и хотя он прицепил мои браслеты у меня над головой, и я была по-настоящему в его власти, он не причинил мне вреда, даже когда зверь захватил все и полностью заполнил меня. Он ускорил темп и я закричала, выгибая бедра от ощущения его. Он набух внутри меня, даже больше, чем раньше. Такой толстый и горячий, зверь, который вторгся в мое тело без жалости или оправдания. Я сдвинулась так, чтобы принять его всего. Мне было не больно, но пришлось прикусить губу, чтобы сдержать крик, который застрял у меня в горле, пока я приспосабливалась к дополнительному растягиванию, к эротическому жжению от его обладания, боли его жестких ладоней на моей нежной заднице, что уносило меня выше, делало возбужденнее, и более дикой.

Оргазм прошел сквозь меня и он взревел, когда нашел свое собственное освобождение, его член пульсировал и двигался внутри меня, покрывая мои внутренности его горячей спермой. Он затих, его дыхание прерывалось, когда он удерживал меня, вдыхая мою плоть и пробуя меня на вкус своим поцелуем. Он говорил одно слово, которое, по-видимому, был способен произнести в этой форме и я улыбнулась. *Моя*. Снова и снова.

«Да», – сказала я, облизывая губы. Он отстранился, чтобы посмотреть на меня, его мускулы уменьшились, лицо вернулось к той форме, которую я просто обожала, пока он ласкал мою щеку своим большим пальцем и успокаивал себя. Вена пульсировала у него на виске и пот катился вниз по щеке, пока его дыхание успокаивалось, но он не высвобождал меня из своих объятий. Он не вытащил член из меня, и не опустил мои ноги на пол. Я осталась в таком положении, как и была, прикованная к стене его членом, удерживаемая на месте для его удовольствия, пока его темные глаза блуждали по моему лицу и телу, осматривая каждый дюйм.

«Ты в порядке?»

«Я да, – он не выглядел уверенным, поэтому я добавила, – я хотела тебя, Дэкс. Я хотела твоего зверя».

Я сжала внутренние стенки, дожимая его до упора, шокированная тем, что у него все еще эрекция. Его глаза тогда вспыхнули, когда он почувствовал мой интимный жест и он двинул бедрами, начиная снова, и я застонала. Он простонал в ответ, вновь погружаясь в меня, захватывая мой рот поцелуем, из-за которого моя спина выгнулась, и мое лоно захотело еще.

«Ты правда в порядке? Я не сделал тебе больно?» – прорычал он.

Я натянула браслеты, чтобы просто погреметь ими, напомнить себе, что я ничего не могу сделать, а только слушаться и позволять Дэксу и его зверю делать со мной все, что они хотят: «Да».

Вытягивая шею, я попыталась заставить его губы вернуться к моим, пытаясь соблазнить его еще раз сжимая его член.

Он поцеловал меня, грубо: «Ты хочешь еще?»

«Да».

«Умоляй меня, Сара. Назови мое имя. Скажи», - его слова были как хлыст, быстрые и резкие.

«Дэкс, пожалуйста, - встретившись с ним взглядом, я продолжила. - Пожалуйста. Сильно, грубо. Еще и еще. Отпусти себя, Дэкс. Выпусти зверя. *Я хочу тебя.*»

Он осмотрел меня еще раз, затем наконец... наконец окончательно уступил. Я очень сильно его любила за его беспокойство, но настало время ему отпустить все.

«Да, да, думаю, ты хочешь».

Тогда он взял меня, быстро и жестко. Не было никакой нежности, никакого ритма в его мастерских толчках. Он трахал и трахал основательно, пока еще один оргазм не растопил меня и я не стала хватать воздух ртом.

Я думала он все, что лихорадка уже точно сгорела, но нет. Нежными руками он освободил мои запястья и понес на кровать, перевернув там на живот, именно так как он хотел. Он подтянул подушку под мои бедра и откинул волосы с моего лица. Я не могла двигаться, была слишком сытой, слишком насытившейся, чтобы сделать что-то кроме того, как позволить ему исполнять то, что он хочет.

«Ты готова для большего, Сара?» - мужской голос полностью вернулся, любовника, которого я узнала, мужчины, которому я отдам все.

«Дэкс... - прохныкала я от мысли, что он снова меня возьмет. Еще один интенсивный оргазм, еще одна возможность для него управлять моим телом, моим духом. - Да!»

Он провел своими большими ладонями вниз по моим рукам, по моим плечам, по всей длине позвоночника. И только потом он скользнул пальцами ниже, в мою все еще мокрую киску.

«Вот, Сара. Я хочу тебя снова. Мой зверь удовлетворен. Но беспокоится, что мы тебе сделали больно».

«Все хорошо».

Он провел по моему клитору и я заерзала на кровати, пододвигаясь к его прикосновению, когда он сказал: «Мне нужно взять тебя снова. Ты мне позволишь?»

Я ценила его заботу, но иногда девушке нравилось, когда ее прижимают к стене и трахают, будто она самая красивая, неотразимая, желанная женщина в мире: «Ты и твой зверь, Дэкс, можете делать все, что вам хочется».

Он рассмеялся, затем склонился надо мной, включая вибрацию на пробке, как он это сделал в первую ночь. Я застонала, когда новые, другие ощущения пробудили мое желание еще раз. Он оторвал мои бедра от кровати и встал позади меня на колени между ними, поднимая мою задницу высоко в воздух. Он резко шлепнул по моей все еще болящей заднице и у меня перехватило дыхание, шокированная, когда меня обожгло внутри. Прежде чем я успела среагировать, он ударил по второй половине и жар промчался к моему клитору. Я была уже рядом, чтобы начать умолять его войти в меня, когда он наконец потянул меня назад и вверх, на его ляжки, проникнув своим членом глубоко.

Он двигался медленно, разминая мой горящий зад, раздвигая мои половые губы шире, исследуя нашу интимную связь большими, грубыми кончиками пальцев, растягивая меня своим членом, пока он скользил внутрь и наружу моего лона, наблюдая как он входит и выходит из меня. Мое лицо было прижато к мягкому постельному белью, мои ляжки широко раздвинуты, моя киска и попка его для овладения... и я ему это позволила. Я сдалась вся, довольная быть взятой. Я никогда не чувствовала себя такой могущественной, как в тот момент. Может прошло пять минут или час, я потеряла счет времени, пока двигался туда и сюда с умышленным контролем, следя еще за одним утверждением. Если зверь брал меня несколько минут назад, то Дэкс брал меня сейчас, мужчина. Это был мой партнер, моя пара. Он потянулся рукой подо мной, чтобы поласкать мой клитор, одновременно оттягивая пробку в моей заднице, нежно трахая меня ей. Я знала чего он хотел. Он пытался выудить еще больше удовольствия из моего гиперчувствительного тела, он мог потребовать и я бы дала ему все, что нужно.

«Кончай для меня, Сара. Кончай сейчас».

Мое тело отреагировало как по команде, оргазм накрыл меня, и мягкие мурлыканья удовольствия вырвались из моего горла. Он пролил в меня свое семя, когда я кончила, и я ощутила себя богиней, красивой, желанной, сексуальной богиней, которая только что укротила зверя.

---

Я проснулась завернутая в объятия Дэкса, спиной к его груди. Я могла чувствовать его всего, каждый дюйм его обнаженного тела, которое окружало меня для защиты. Он мирно спал и я ощущала себя, будто завоевала мир, счастливая, что зверь внутри него, наконец удовлетворился. Мы были теперь не просто парой, мы были связаны; его запах окружал меня, исходя от моей собственной плоти и заставлял чувствовать себя в безопасности, в укрытии, в котором я и находилась. У меня болело, восхитительно болело между ног. Пакет замороженного гороха пришелся бы кстати, поскольку Дэкс был таким внимательным насколько только мог, его член был … солидным, а он не был настолько нежным.

Улыбаясь, я прокручивала воспоминания о прошлой ночи. Он был требовательным, властным, и я бы не хотела другого, благодарная затянувшейся боли, которая удерживала меня от того, чтобы забыть мощь Дэкса, дикость, которая таилась внутри него. Я увидела сияние одного из моих браслетов, отметила, что они подходили к кулону на моей шее, и вздохнула с удовлетворением, зная, что это единственные вещи, которые нравились моему телу. Я подняла руку, чтобы рассмотреть браслет. Я потрогала его, ощутила теплый, гладкий металл, провела по орнаменту кончиком пальца, мой разум внезапно встряхнулся от любопытства. Я понятия не имела, что это: золото, титан, какой-то вид Атланского минерала. Его защита, как заклятие, сейчас была как счастливое и очевидное напоминание нашей глубокой связи.

Я обводила рисунок снова и снова, пока я думала о некомпетентной человеческой женщине, Надзирателе Морде, мыши, и о том, как ее ошибка привела меня сюда, к счастью в руках человека, которого я любила. Дэкс был честным и храбрым, властным и мужественным. Он был достаточно сильным, что я впервые в своей жизни чувствовала себя безопасно, полагаясь на мужчину, завися от него. Я стала парой пришельца за несметное число миль от Земли, и я чувствовала себя свободнее, чем была раньше. Свободная быть собой, танцевать и удивляться и мечтать. Свободная, чтобы влюбиться и перестать сражаться ради денег, уважения, выживания. Годы напряжения и беспокойства исчезли, благодаря Атланскому военачальнику, спящему рядом со мной.

«Ты можешь их теперь снять», – промурчал Дэкс.

Я затихла от его слов. Я не хотела их снимать; они говорили о том, что я его пара. Я не хотела, чтобы кто-либо ставил под вопрос нашу связь. Он был моим. Я ошибалась? Теперь, когда его брачная лихорадка окончена, он планировал уйти от меня? От нас? Он мог прожить долгую, счастливую жизнь с кроткой, тихой Атланской женщиной. Я послужила цели? Это то, чем я для него была, средством для достижения цели, теперь чтобы меня выбросить?

Мысль будто нож воткнулась в мое сердце и я осознала, как сильно я пала. Я любила всего его, с каждой щепоткой страсти и огня в моем теле. Я все ему отдала прошлой ночью, сердце и душу, и было чертовски поздно все это забирать обратно.

«Повернись, Сара. Я помогу тебе снять их».

«Я не поняла, что ты проснулся», – ответила я, отворачивая голову, чтобы он не мог видеть боли, которую причинили его слова.

«Ммм. Твое дыхание изменилось. Ты расстроена, – его рука прошлась по изгибу моего бедра и по талии, будто он охлаждал пыл дикого животного. – Что тебя тревожит?»

Свернувшись клубком, я продолжала лежать к нему спиной, неуверенная, что я увижу на его лице, если повернусь в его руках, неспособная вынести мысли, что могу увидеть потерю интереса или сожаление: «Ничего. Спи дальше».

Я могла сбежать, если он больше не нуждался во мне. Естественно кто-нибудь в доме поможет мне снять браслеты. Я оставлю их для его новой Атланской невесты, тихой, спокойной женщины, которую он действительно хотел.

Мягкое поглаживание его ладони превратилось в резкий шлепок по моей голой заднице и я взвыла, когда он развернул меня лицом к себе: «Ты снова врешь мне. Я думал, мы это обсудили!»

Преисполненная решимости сохранить то немногое достоинство, которое у меня осталось, я сдержала слезы, которые жгли мне глаза, и изучала его симпатичное лицо. он выглядел по-настоящему расслабленным впервые с тех пор, как я его узнала, это сделало его моложе, менее свирепым. Небольшая улыбка играла в уголке его рта, когда он наклонился вперед и поцеловал меня, нежно, перед тем как отстраниться с поднятыми бровями: «Ты собираешься мне рассказать, что тебя беспокоит, или тебе требуется порка?»

«Я...»

«Я знаю каждую частичку тебя, Сара, как и ты знаешь меня. Между парами нет секретов».

Я провела пальцем по его щеке: «Девушке приходится иметь некоторые секреты», – возразила я.

Он схватил меня за запястье прямо над браслетом.

«Не со мной. Этот браслет, он отслужил свое. Я освободил тебя от Коалиции, чтобы ты смогла пойти за своим братом и прибыть со мной на Атлан. Он удерживал нас вместе, пока лихорадка не окончилась, держа под контролем моего зверя, пока не стало безопасно его освободить. Сейчас... сейчас они больше не нужны».

Я нахмурилась, удивленная, что он так прямо говорил с моими страхами: «Ты говоришь, что я больше не нужна?» – укол боли распространился от моего сердца, вверх по горлу, к моей голове, где боль застряла за моими глазами, сжимая их безжалостными, огненными тисками. Слезы собрались и я не смогла их остановить, они покатились по моим щекам.

Дэкс передвинулся на подушке и поднял руку, чтобы поймать слезинку кончиком пальца: «Женщина, ты сумасшедшая. Я говорил эти слова снова и снова и снова. Ты моя пара. Моя. Сколько раз я говорил это прошлой ночью? Ты. Моя. Я тебя не бросаю. Я не позволю тебе уйти. Никогда. Мне не важно, носишь ты браслеты или нет, ты моя. Ты всегда будешь моей. Я влюбился в тебя. Я не позволю тебе оторвать тебя от меня».

«Тогда почему... почему ты хочешь, чтобы я их сняла?»

Он обхватил своей огромной рукой браслеты и притянул их к своему сердцу: «Я хочу, чтобы ты находилась рядом со мной, потому что ты этого хочешь, а не потому что браслеты того требуют».

Мой большой закаленный в боях зверь. Я взяла его за челюсть, покрытую щетиной, и улыбнулась, позволяя всей той любви, которую я к нему испытывала, светиться в моих глазах: «Я люблю тебя, Дэкс. Я не знаю как это возможно за столь короткое время, но я люблю. Я люблю тебя. И после того, что мы делали прошлой ночью, я не думаю, что тебе стоит беспокоиться о том, что я уйду. И я хочу, чтобы твой зверь снова взял меня... вскоре».

Обхватывая мой затылок, он медленно меня поцеловал, будто у него много времени. Когда он наконец отпустил меня, в его глазах была искра, которую я никогда раньше не видела: «Так ты хочешь меня только из-за моего члена?» – поддразнил он.

«Ммм. Определенно. Я хочу всего тебя, – я проглотила гордость и страх, и сказала чего именно я хотела. – И, я хочу оставить браслеты».

Его глаза расширились от удивления: «Это значит, что ты никогда не сможешь быть от меня далеко, и не сможешь убежать на какие-то дикие приключения. Тебе придется находиться рядом со мной, близко, всегда».

Я пожала плечами, стараясь вести себя обычно когда то, что он описал, звучало для меня как рай: «Разве это не то, что Атланские мужчины обычно делают?»

Он кивнул: «Да, но я и не смел надеяться, что ты согласишься на такое».

«Ты не хочешь, чтобы я была близко к тебе?»

«Всегда», – слово было клятвой, и искренность за этим единственным словом шокировала меня до самого нутра, слезы хлынули из моих глаз по совершенно другой причине.

Я провела по его губам кончиками пальцев, немного его дразня в тщетной попытке скрыть насколько глубоко его обещание затронуло меня: «Мы не хотим, чтобы тот большой, плохой зверь вышел и продолжил играть без меня поблизости».

Он перекатился на меня и я легла на спину, счастливая раздвинуть для него ноги, для его твердого пылающего члена. Он вжал меня в кровать, его твердая длина скользила медленно в мое пробуждающееся тело, и я возродилась, горячая и мокрая, готовая для него. Зарываясь глубоко, он удерживал себя при помощи предплечий, так что я могла видеть только его лицо, могла только смотреть в его темные глаза, пока он заполнял меня, двигаясь внутри, заставляя меня вздыхать от удовольствия, когда я обвила руками его шею, а ногами его бедра, притягивая его ближе.

«Дэкс, боюсь, что твой зверь ужасная проблема. Его нужно укротить».

Дэкс опустил голову и поцеловал меня, будто я была самой ценной вещью в его мире, и когда он заговорил, я верила каждому слову.

«Нет, пара, ты уже укротила нас обоих».

Изображения The Killion Group и 123RF/Dmitriy Denysov

## ССЫЛКИ НА ГРЕЙС ГУДВИН
### CONTACT GRACE GOODWIN

Вы можете следить за деятельностью Грейс Гудвин на ее веб-сайте, страницах на Facebook и в Twitter, через ее профиль на Goodreads с помощью следующих ссылок:

Сайт:
https://gracegoodwin.com

Facebook:
https://www.facebook.com/profile.php?id=100011365683986

Twitter:
https://twitter.com/luvgracegoodwin

Goodreads:
https://www.goodreads.com/author/show/15037285.Grace_Goodwin

## КНИГИ ГРЕЙС ГУДВИН
BOOKS BY GRACE GOODWIN

**Программа «Межзвездные невесты» ®**

Прирученная воинами

Назначенная партнёршей

Обрученная с воинами

Принадлежащая Партнерам

Захваченная партнерами

Паре для Зверя

---

**Программа «Межзвездные невесты» ®: Колония»**

Сдаваться Киборгам

Пара для Киборгов

Соблазнение Киборга

Ее Зверь-киборг

## ALSO BY GRACE GOODWIN

*Interstellar Brides® Program: The Beasts*

Bachelor Beast

*Interstellar Brides® Program*

Assigned a Mate

Mated to the Warriors

Claimed by Her Mates

Taken by Her Mates

Mated to the Beast

Mastered by Her Mates

Tamed by the Beast

Mated to the Vikens

Her Mate's Secret Baby

Mating Fever

Her Viken Mates

Fighting For Their Mate

Her Rogue Mates

Claimed By The Vikens

The Commanders' Mate

Matched and Mated

Hunted

Viken Command

The Rebel and the Rogue

Rebel Mate

Surprise Mates

*Interstellar Brides® Program: The Colony*

Surrender to the Cyborgs

Mated to the Cyborgs

Cyborg Seduction

Her Cyborg Beast

Cyborg Fever

Rogue Cyborg

Cyborg's Secret Baby

Her Cyborg Warriors

The Colony Boxed Set 1

*Interstellar Brides® Program: The Virgins*

The Alien's Mate

His Virgin Mate

Claiming His Virgin

His Virgin Bride

His Virgin Princess

The Virgins - Complete Boxed Set

*Interstellar Brides® Program: Ascension Saga*

Ascension Saga, book 1

Ascension Saga, book 2

Ascension Saga, book 3

Trinity: Ascension Saga - Volume 1

Ascension Saga, book 4

Ascension Saga, book 5

Ascension Saga, book 6

Faith: Ascension Saga - Volume 2

Ascension Saga, book 7

Ascension Saga, book 8

Ascension Saga, book 9

Destiny: Ascension Saga - Volume 3

### *Other Books*

Their Conquered Bride

Wild Wolf Claiming: A Howl's Romance

## О ГРЕЙС ГУДВИН:

Зарегистрироваться в списке моих VIP-читателей: **https://goo.gl/6Btjpy**

Хотите присоединиться к моей совсем не секретной команде любителей научной фантастики? Узнавать новости, читать новые отрывки и любоваться новыми обложками раньше остальных? Вступайте в закрытую группу Facebook, которая делится фотографиями и самой свежей информацией (англоязычная группа). Присоединяйтесь здесь: http://bit.ly/SciFiSquad

Каждую книгу Грейс можно читать как отдельный роман. В ее хэппи-эндах нет места изменам, потому что она пишет про альфа-самцов, а не альфа-кобелей. (Об этом вы и так можете догадаться.) Но будьте осторожны... ее герои горячи, а любовные сцены еще горячее. Мы вас предупредили...

О Грейс:
Грейс Гудвин – популярная во всем мире писательница в жанре любовно-фантастического романа. Грейс считает, что со всеми женщинами следует обращаться как с принцессами, в спальне и за ее пределами, и пишет любовные истории, где мужчины знают, как побаловать и защитить своих женщин. Грейс ненавидит снег, любит

горы, а ее сокровенное желание – научиться загружать истории прямо из своей головы вместо того, чтобы печатать их. Грейс живет в западной части США, она профессиональная писательница, заядлая читательница и признанная кофеманка.

www.ingramcontent.com/pod-product-compliance
Lightning Source LLC
LaVergne TN
LVHW011821060526
838200LV00053B/3853